KB011177

다자이 오사무

사양

斜陽

목차

일러두기

* 다자이 오사무(太宰治)의 《사양(斜陽)》은 1947년에 신초샤(新潮社)에서 단행본으로 첫 출간되었으며 이 책은 같은 출판사의 신초문고(新潮文庫) 2018년 판을 정본으로 삼아 번역했다.
* 고유명사 등의 외국어는 국립국어원의 외래어표기법에 따르는 것을 원칙으로 했으나 몇몇 한자어의 경우 이해를 돕기 위해 우리말 독음 그대로 표기한 부분도 있다.
* 본문에서 고딕과 밑줄 등으로 일부 표기된 문장은 원문에서 방점과 가타가나를 통해 강조한 부분이다.
* 본문의 주석은 원서와 옮긴이의 것이다.

1

아침, 식당에서 수프를 한 숟가락, 슥 드시고 어머니가

"아."

하고 희미한 외침을 올렸다.

"머리카락이라도?"

수프에 뭔가 이상한 것이라도 들어간 걸까, 생각했다.

"아니."

어머니는 아무 일도 없었다는 듯, 다시 하느작 한 숟가락, 수프를 입에 흘려 넣으시고 차분하게 얼굴을 옆으로 향해 부엌 창의 만개한 산벚나무로 시선을 보내며 그렇게 얼굴을 옆으로 향한 채 또 하느작 한 숟가락, 수프를 조그만 입술 사이로 미끄러뜨리듯 넣었다. 하느작이라는 형용은 어머니의 경우, 결코 과장이 아니다. 부인잡지 같은 데 나오는 식사 방법 같은 것과는 애초부터 전혀 달랐다. 동생 나오지가 언젠가 술을 마시며 누나인 내게 이렇게 말한 적이 있다.

"작위[1]가 있다고 해서, 귀족이라고 할 수 있는 건 아니야. 작위가 없어도, 천작(天爵)이라는 걸 가지고 있는 훌륭한 귀족도 있고, 우리처럼 작위만 가지고 있지 귀족은커녕 천민에 가까운 치도 있어. 이와시마 같은 녀석은 (하고 나오지의 학교 친구인 백작의 이름을 대고) 그런 녀석은 완전히 신주쿠 유곽의 호객꾼보다도 훨씬 더 천박한 느낌이잖아. 얼마 전에도 야나이(라고, 역시 동생의 학교 친구로 자작의 차남인 분의 이름을 대고)의 형님 결혼식에 그 빌어먹을 놈, 턱시도 같을 걸 입고, 왜 또 턱시도 같은 걸 입고 올 필요가 있는 거야, 그건 그냥 그렇다 쳐도, 테이블 스피치 때 그 녀석, '사옵니다'라는 이상한 말을 쓴 데는 속이 뒤집어졌어. 젠체하는 건 품위 있는 것과 전혀 관계가 없는 한심스러운 허세야. 고등 하숙집이라고 써놓은 간판이 혼고 부근에 떡하니 있더만, 실제로 화족[2]이라는 것의 대부분은, 고등 거지님이라고 해야 할 만한 사람들이야. 진짜 귀족은 그렇게 이와시마처럼 어설프게 젠체하는 짓은 절대 하지 않아. 우리 일족 중에서도

1 귀족의 종별. 메이지헌법(1868~1947)의 일본에는 공(公)·후(侯)·백(伯)·자(子)·남(男)의 다섯 계급이 있었다.

2 메이지 헌법에서 정한 신분제도의 명칭. 에도 시대에 정삼품·종삼품 이상의 벼슬을 한 자와 제후를 시작으로, 1884년 공·후·백·자·남의 작위를 받고 국가에 훈공이 있는 정치가, 군인, 관리, 실업가 등도 포함하게 되었다. 황족 아래, 사족(士族) 위에 위치했으며 각종 특권을 누렸다. 1947년 폐지.

진정한 귀족은 아마 엄마 정도일 거야. 그건 진짜야. 넘볼 수 없는 구석이 있어."

수프를 먹는 법만 해도, 우리라면 접시 위로 약간 머리를 숙이고 스푼을 옆으로 들어 수프를 뜬 다음 스푼을 옆으로 한 채 입가로 가져가지만, 어머니는 왼손의 손가락을 가볍게 테이블 가장자리에 얹고, 상체를 구부리지도 않고 얼굴을 반듯하게 들어 접시를 제대로 보지도 않은 채 스푼을 옆으로 해서 슥 뜨고 제비처럼, 이라고 형용하고 싶을 정도로 가볍고 산뜻하게 스푼을 입과 직각이 되게 가져가서 스푼의 끝으로 수프를 입술 사이로 흘려 넣는다. 그리고 천진하게 여기저기 곁눈질을 하시며 하느작 하느작, 마치 조그만 날개처럼 스푼을 다루어, 수프를 한 방울이라도 흘리시는 일조차 없고 먹는 소리도 접시 소리도, 조금도 내시지 않는다. 그것은 이른바 정식 예법에 맞는 식사법은 아닐지 몰라도, 내 눈에는 아주 사랑스럽고 바로 그것이 진짜처럼 보인다. 또 실제로, 국물 요리는 머리를 숙여서 스푼의 옆으로 먹기보다는 편안하게 상반신을 세우고, 스푼 끝으로 입에 흘려 넣듯 해서 먹는 편이 신기할 정도로 맛있는 법이다. 하지만 나는 나오지가 말한 것 같은 고등거지여서, 어머니처럼 그렇게 사뿐하고 자연스럽게 스푼을 놀리지 못하기 때문에, 어쩔 수 없이 포기하고, 접시 위로 머리를 수그려 이른바 정식예법대로인 음침한 식사법을 취하고 있다.

수프뿐만 아니라 어머니가 식사를 하는 방법은 예법에서 굉장히 벗어나 있다. 고기가 나오면 나이프와 포크로 슥슥 전부 작게 잘라 나누고, 그런 다음 나이프를 놓고 포크를 오른손에 바꿔 잡고 그 한 조각 한 조각을 포크로 찔러 천천히 즐겁다는 듯 드신다. 또 뼈가 있는 닭고기는 우리가 접시를 울리지 않고 뼈에서 살을 잘라내기에 고생을 할 때, 어머니는 아무렇지도 않게 손가락으로 뼈 부분을 휙 집어 올려서 입으로 뼈와 살을 떼어 내고 태연하다. 그런 야만스러운 동작도 어머니가 하시면 사랑스러울 뿐만 아니라 묘하게 에로틱하게조차 보이니, 과연 진짜는 다른 법이다. 뼈가 있는 치킨의 경우뿐만 아니라, 어머니는 점심의 반찬인 햄이나 소시지 등도, 휙 손가락으로 집어서 드시기도 한다.

"주먹밥이 왜 맛있는지 알고 있나요? 그건 말이죠, 사람의 손가락으로 꼭 쥐어서 만들기 때문이에요."라고 말한 적도 있다.

정말, 손으로 먹으면 맛있을 거야, 라고 나도 생각하는 적이 있지만, 나 같은 고등거지가 어설프게 흉내 내서 그렇게 하면 그야말로 진짜 거지처럼 보일 것 같은 기분도 들기에 참고 있다.

동생 나오지까지도 어머니에게는 못 당하겠어, 라

고 말하는데 진심으로 나도 어머니 흉내는 어려워서 절망 같은 것조차 느끼는 적이 있다. 언젠가 니시카타마치의 집 안뜰에서, 초가을의 달이 좋은 밤이었는데, 어머니와 둘이서 연못 끝에 있는 정자에서 달구경을 하며 너구리가 시집갈 때[3]와 쥐가 시집갈 때[4]는 신부의 채비가 어떻게 다를까, 하고 웃으며 이야기를 나누던 중, 어머니가 갑자기 일어나서 정자 옆의 싸리수풀 안으로 들어가더니, 그런 다음 싸리의 하얀 꽃 사이로 더욱 선명하게 하얀 얼굴을 내미시고, 살짝 웃으며,

"가즈코야, 어머니가 지금 무엇을 하는지 맞혀봐."라고 말씀하셨다.

"꽃을 꺾고 계시죠."

라고 말씀드렸더니, 작은 소리로 웃으시며

"소변이야."

라고 하셨다.

조금도 웅크리고 있지 않은 데에는 놀랐지만, 그러나 나 같은 것은 도저히 흉내 낼 수 없는 진정으로 사랑스러운 느낌이었다.

3 밤에 산과 들의 여우불을 여우가 시집을 가는 행렬의 등불이라고 생각했다.

4 쥐 부부가 딸에게 천하제일의 남편을 맺어주려고 태양, 구름, 바람, 흙담에게 부탁을 했으나 결국 쥐가 제일이라는 사실을 깨닫고 쥐 남편을 맞았다는 옛날 이야기.

오늘 아침의 수프 이야기에서 꽤나 탈선해버렸지만, 얼마 전 어떤 책에서 읽다가 루이 왕조 무렵의 귀부인들은 궁전의 정원이나 그리고 복도 구석 등에서 아무렇지도 않게 소변을 보았다는 사실을 알게 되었는데, 그 순진함이 참으로 사랑스러워서 우리 어머니도 그런 진짜 귀부인의 마지막 사람이 아닐까 생각했다.

그런데 오늘 아침에는 수프를 한 숟가락 드시고 아, 라고 작은 목소리를 올렸기에, 머리카락이라도? 하고 물었더니, 아니, 라고 하셨다.

"간이 짜서요?"

오늘 아침의 수프는 얼마 전 미국에서 배급한 완두콩 통조림을 가는 체에 걸러 내가 포타주처럼 만든 것인데, 워낙 요리에 자신이 없었기에 어머니가 아니, 라고 말했지만 그래도 여전히 조마조마해서 그렇게 물어보았다.

"아주 잘 만들었어."

어머니는 진지하게 그렇게 말씀하시고 수프를 다 드신 뒤, 그다음 김으로 싼 주먹밥을 손으로 집어 드셨다.

나는 어렸을 때부터 아침밥이 맛없고 10시쯤이 되지 않으면 배가 고프지 않기에 그때도 수프만은 간신히 먹었지만 먹기가 싫어서 주먹밥을 접시에 올려놓고 거기에 젓가락을 찔러 넣어 엉망으로 뭉개고, 그런 다음 그 한 조각을 젓가락으로 집어 올려 어머니가 수프를 드실 때의 스푼처럼 젓가락을 입과 직각으로 해서 마치 새에게 모이를 주는 것 같은 방법으로 입에 밀어 넣고 천천히 먹는 동안, 어머니는 벌써 식사를 전부 끝내버리고 가만히 일어나서 아침 해가 들고 있는 벽에 등을 기댄 채, 한동안 말없이 내 식사 방법을 바라보다가,

"가즈코는 아직 안 되겠구나. 아침밥이 가장 맛있어지지 않으면."

하고 말씀하셨다.

"어머니는? 맛있어요?"

"그야 물론. 나는 이제 환자가 아닌걸."

"가즈코도, 환자가 아니에요."

"안 돼, 안 돼."

어머니는 서글프다는 듯 웃고 머리를 흔드셨다.

나는 5년 전에, 폐병에 걸리게 돼서 몸져누운 적이 있었지만, 그건 사치스러운 병이었다는 사실을 나는 알고 있다. 하지만 어머니의 지난번 병은 그야말로 정말 걱정스럽고 슬픈 병이었다. 그런데도 어머니는 내 일만을 걱정하고 계신다.

"아."

라고 내가 말했다.

"왜?"

라고 이번에는, 어머니께서 물으셨다.

얼굴을 마주 보고 왠지, 서로를 완전히 이해한 듯한 느낌에 우후후 하고 내가 웃자, 어머니도 싱긋 웃었다.

뭔가, 견딜 수 없이 부끄러운 생각에 사로잡혔을 때 그 기묘한, 아, 하는 희미한 외침이 나오는 법이다. 내 가슴에 지금 갑자기 불쑥 6년 전 내가 이혼했을 때의 일이 선명하게 떠올라, 견딜 수가 없어서 나도 모르게 아, 라고 말해버린 것이었는데 어머니의 경우는 어떤 걸까? 설마 어머니에게 나처럼 부끄러운 과거가 있을 리 없는데, 아니, 어쩌면 무엇인가.

"어머니도 조금 전 뭔가 떠올린 거죠? 어떤 일?"

"잊어버렸어."

"나에 관한 일?"

"아니."

"나오지에 관한 일?"

"그래."

라고 말하다, 고개를 갸웃하고

"그걸지도 모르겠네."

라고 했다.

동생 나오지는 대학을 다니던 중에 소집되어 남방(동남아시아)의 섬으로 갔는데 소식이 끊겨버렸고 전쟁이 끝난 뒤에도 행방을 알 수 없어서, 어머니는 이제 나오지와는 만나지 못할 것이라 각오하고 있다고 말하지만, 나는 그런, '각오' 따위는 한 적이 한 번도 없고 틀림없이 만날 수 있을 것이라고만 생각하고 있다.

"포기해버렸다고 생각했는데, 맛있는 수프를 먹자 나오지가 떠올라 견딜 수 없어졌어. 좀 더 나오지에게 잘해줬으면 좋았을 텐데."

나오지는 고등학교에 들어갔을 무렵부터 이상하게 문학에 빠져 거의 불량소년 같은 생활을 시작해서, 어머니께 얼마나 심려를 끼쳐드렸는지 몰랐다. 그런데도 어머니는 수프를 한 숟가락 드시고는 나오지가 떠올라, 아, 라고 말씀하신다. 나는 밥을 입에 밀어 넣고 눈이 뜨거워졌다.

"괜찮아. 나오지는 괜찮아. 나오지 같은 악한은 좀처럼 죽지 않아. 죽는 사람은 언제나 조용하고 아름답고 다정한 법이야. 나오지는 몽둥이로 때려도, 죽지 않아."

어머니는 웃으며,

"그럼 가즈코는 일찍 죽으려나?"

하고 나를 놀렸다.

"어머, 어째서? 나는 악한에다 짱구니까, 여든 살까지는 괜찮아."

"그러니? 그럼 엄마도 아흔 살까지는 괜찮겠네."

"응."

하고 말하다, 약간 난처해졌다. 악한은 오래 산다. 아름다운 사람은 일찍 죽는다. 어머니는 아름답다. 하지만 오래 사셨으면 좋겠다. 나는 굉장히 당황했다.

"짓궂기는!"

하고 말했더니, 아랫입술이 부들부들 떨려오고, 눈물이 눈에서 넘쳐흘렀다.

뱀 이야기를 해볼까? 4~5일 전의 오후에, 동네 아이들이 정원 울타리의 대숲에서 뱀 알을 10알쯤 찾아냈다.

아이들은,

"살무사 알이야."

라고 우겨댔다. 저 대숲에 살무사가 10마리나 태어나서는 정원에도 함부로 나갈 수 없으리라 생각했기에 내가,

"태워버리자."

고 말하자, 아이들은 뛸듯이 기뻐하고 내 뒤를 따라왔다.

대숲 가까이에, 나뭇잎과 잔디를 쌓아올리고 그걸 태워 그 불 속에 알을 하나씩 던져 넣었다. 알은 좀처럼 타지 않았다. 아이들이 거듭 나뭇잎과 잔가지를 불 위에 얹어 불길을 세게 해도, 알은 탈 것 같지 않았다.

아랫집 농가의 딸이 울타리 밖에서,

"뭘 하고 계세요?"

라고 웃으며 물었다.

"살무사의 알을 태우고 있어요. 살무사가 나오면 무

서우니까요."

"크기는 얼마 정도 돼요?"

"메추라기 알 정도로, 새하얘요."

"그럼 그냥 뱀 알이네요. 살무사 알이 아닐 거예요. 날 것은, 좀처럼 타지 않아요."

그녀는 자못 재미있다는 듯 웃고 떠났다.

30분쯤 불을 피웠으나 아무래도 타지 않았기에, 아이들에게 알을 불 속에서 줍게 해서 매화나무 아래에 묻으라고 하고, 나는 작은 돌을 모아 묘표를 만들어주었다.

"자, 모두 절을 해야지."

내가 몸을 숙이고 합장하자, 아이들도 얌전히 내 뒤에서 몸을 숙이고 합장한 듯했다. 그런 다음 아이들과 헤어져 나 혼자 돌계단을 천천히 올라가자, 돌계단 위의 등나무시렁 아래에 어머니가 서 계시다가,

"가엾은 짓을 했구나."

라고 말씀하셨다.

"살무사인 줄 알았는데 그냥 뱀이었어. 하지만 잘 매장해주었으니 괜찮아요."

라고 말하기는 했으나, 이거 어머니가 보시게 한 건 좋지 않았다고 생각했다.

어머니는 결코 미신을 믿는 사람은 아니었으나, 10년 전 아버지께서 니시카타마치의 집에서 돌아가신 이후,

뱀을 아주 두려워하신다. 아버지의 임종 직전에, 어머니가 아버지의 머리맡에 가늘고 검은 끈이 떨어져 있는 것을 보고 별 생각 없이 주우려 하셨는데, 그게 뱀이었다. 스르르 도망쳐 복도로 나간 다음 어디로 갔는지 알 수 없었지만, 그것을 본 사람은 어머니와 와다 외삼촌 두 분뿐으로, 두 분은 얼굴을 마주 보고, 하지만 임종의 침상이 소란스러워지지 않도록 참고 입을 다물었다고 하신다. 우리도 그 자리에 있었지만, 그 뱀에 관한 일은 그랬기에 조금도 알지 못했다.

하지만 아버지가 돌아가신 날 저녁, 정원 연못가의 나무란 나무에 뱀이 올라가 있던 일은 나도 실제로 봐서 알고 있다. 나는 스물아홉 살이니, 10년 전 아버지께서 돌아가셨을 때에는 이미 열아홉이나 되어 있었다. 벌써 어린아이가 아니었기에, 10년 지났어도 그때의 기억은 지금도 또렷해서 틀림은 없을 테지만, 내가 아버지께 바칠 꽃을 꺾으러 정원의 연못 쪽으로 걸어가 연못 기슭의 철쭉이 있는 곳에 멈춰 서서 문득 보니, 그 철쭉의 가지 끝에 조그만 뱀이 몸을 감고 있었다. 조금 놀라서 옆에 있는 황매화 꽃가지를 꺾으려 했는데, 그 가지에도 몸을 감고 있었다. 옆의 물푸레나무에도, 푸른 잎이 달린 단풍나무에도, 금작화에도, 등나무에도, 벚나무에도, 어느 나무에도 뱀이 몸을 감고 있었다. 그러나 내게는 그다지 무섭게 여겨지지 않았다. 뱀도 나와 마찬가지로 아버지의 별세를 슬퍼해서, 구멍에서 기어 나와 아버지의 영을 뵙는 것 같다는 생각이 들었을 뿐이었다. 그래서 나는 그 정원의 뱀에 관해서 어머니께 가만히 알려드렸는데, 어머니는 차분하게 머리를 살짝 갸웃거리시고 무엇인가 생각하는 듯한 모습을 보이셨으나, 특별히 아무것도 말씀은 하지 않았다.

하지만 이 두 가지의 뱀과 관련된 사건이, 그 이후 어머니를 끔찍이도 뱀을 싫어하는 사람으로 만든 것은 사실이었다. 뱀을 싫어한다기보다 뱀을 숭상하고 무서워하는, 즉 몹시 두려워하는 마음을 품게 되신 듯하다.

뱀의 알 태우는 것을 어머니께서 보셨으니 어머니는 분명히 뭔가 아주 불길한 느낌을 받았을 것이라고 생각하자, 나도 갑자기 뱀의 알을 태운 것이 아주 두려운 일이었다는 느낌이 들기 시작해서 이 일이 어머니에게 어쩌면 나쁜 재앙을 내리는 것 아닐까 걱정스럽고 걱정스러워서, 이튿날도 또 그 이튿날도 잊지 못하고 지냈는데, 오늘 아침에는 식당에서 아름다운 사람은 일찍 죽는다고 터무니없는 소리를 나도 모르게 해버려서 뒤에 어떻게도 둘러대지 못했기에 울어버리고 말았고, 아침을 먹고 설거지를 하며 왠지 내 가슴 깊은 곳에 어머니의 목숨을 단축시키는 기분 나쁜 작은 뱀이 한 마리 들어와 있는 것 같아, 너무너무 싫어서 견딜 수가 없었다.

그리고 그날, 나는 정원에서 뱀을 보았다. 그날은 아주 온화하고 날씨가 좋았기에 나는 부엌일을 마치고 그러고 나서 정원의 잔디 위로 등나무의자를 가져가 거기서 뜨개질을 해야겠다고 생각하고 등나무의자를 들고 정원으로 나갔더니, 정원석의 조릿대 부근에 뱀이 있었다. 아아, 징그러워. 나는 단지 그렇게 생각했을 뿐 그 이상은 깊게 생각하지도 않고 등나무의자를 들고 발걸음을 돌려 툇마루로 올라가 툇마루에 의자를 놓고 거기에 앉아서 뜨개질을 하기 시작했다. 오후가 되어 나는 정원 구석의 불당 안에 넣어둔 장서 가운데서 로랑생(Marie Laurencin)의 화집을 꺼내 와야겠다고 생각하며 정원으로 나갔더니, 잔디 위를 뱀이 천천히 천천히 기고 있었다. 아침에 본 뱀과 같은 것이었다. 호리호리하고 기품 있는 뱀이었다. 나는 암컷 뱀이다, 라고 생각했다. 그녀는 잔디를 조용히 가로질러 찔레 아래까지 가더니 멈춰서서 머리를 들고, 가느다란 불꽃 같은 혀를 떨었다. 그리고 주위를 둘러보는 듯한 모습을 보였는데, 잠시 후 머리를 내리고 아주 우울하다는 듯 몸을 웅크렸다. 나는 그때도 그냥 아름다운 뱀이다, 라는 생각만 강했을 뿐, 불당으로 가서 화집을 꺼내 돌아오는 길에 아까 뱀이 있던 곳을 슬쩍 보았으나, 이제는 없었다.

저녁이 다 되었을 때, 어머니와 중국풍의 방에서 차를 마시며 정원 쪽을 보고 있었는데, 돌계단의 세 번째 단 부근으로 오늘 아침의 뱀이 또 천천히 나타났다.

어머니도 그것을 보시고,

"저 뱀은?"

하고 말씀하시자마자 자리에서 일어나 내 쪽으로 달려와서, 내 손을 쥔 채 몸이 굳어버리시고 말았다. 그 말을 듣고 나도 퍼뜩 드는 생각이 있어서,

"알의 어미 뱀?"

라고 소리 내서 말하고 말았다.

"그래, 맞아."

어머니의 목소리는 갈라져 있었다.

우리는 손을 마주 잡고 숨을 멈추고 말없이 그 뱀을 지켜보았다. 돌 위에 우울하다는 듯 몸을 웅크리고 있던 뱀은 비틀거리듯 다시 움직이기 시작했고, 그렇게 기운이 빠진 것처럼 돌계단을 가로질러 제비붓꽃 쪽으로 기어 들어갔다.

"오늘 아침부터 정원을 돌아다녔어요."

라고 내가 작은 목소리로 말씀드리자, 어머니는 한숨을 쉬고 털썩 의자에 주저앉아버리시더니,

"그렇지? 알을 찾고 있는 거야. 가엾게도."

라고 가라앉은 목소리로 말씀하셨다.

나는 별 도리 없이, 후후 하고 웃었다.

저녁 해가 어머니의 얼굴을 비추어, 어머니의 눈이 파랄 정도로 반짝이듯 보여서 그 희미하게 노여움을 띤 것 같은 얼굴은, 달려가 안고 싶을 정도로 아름다웠다. 그리고 나는 아아, 어머니의 얼굴이 조금 전의 그 슬픈 뱀과, 어딘가 닮았다고 생각했다. 그리고 내 가슴 속에서 사는 살무사처럼 꿈틀대는 추한 뱀이, 이 슬픔이 깊고 아름다운 어머니 뱀을 언젠가 물어 죽여버리는 것이 아닐까, 어떤 이유에서인지 그런 마음이 들었다.

나는 어머니의 부드럽고 여린 어깨에 손을 얹고, 이유를 알 수 없는 몸부림을 쳤다.

우리가 도쿄 니시카타마치에 있던 집을 떠나 이즈의 이곳, 조금은 중국풍으로 지어진 산장으로 이사 온 것은, 일본이 무조건 항복[5]을 한 해의 12월 초였다. 아버지가 돌아가시고 난 뒤부터 우리 집의 경제는 어머니의 동생이자 그리고 지금은 어머니의 유일한 혈육이신 와다 외삼촌이 전부 보살펴주시고 계셨는데, 전쟁이 끝나고 세상이 바뀌어 와다 외삼촌이 더는 안 되겠다, 집을 파는 수밖에 없다, 하녀들도 모두 내보내고 모녀 둘이서 어딘

5 1945년 8월 15일, 일본은 연합국에게 무조건 항복했다.

가 시골의 조촐한 집을 사서 마음 편히 사는 것이 좋겠다고 어머니께 말씀을 건넨 듯한데, 어머니는 돈에 대해서는 어린아이보다도 더 아무것도 모르는 분이시고, 와다 외삼촌으로부터 그런 말을 들었기에, 그럼 알아서 잘 처분해 달라, 하고 부탁해버리신 모양이었다.

11월 말에 외삼촌에게서 속달이 와서, 슨즈 철도[6] 연선에 가와다 자작의 별장이 매물로 나왔다, 집은 고지대여서 전망이 좋고 밭도 100평 정도 있다, 그 부근은 매화의 명소로 겨울에 따뜻하고 여름에 시원해서 살아보면 틀림없이 마음에 드실 것이라 생각한다, 상대방과 직접 만나 이야기를 할 필요도 있을 테니 내일, 어쨌든 긴자에 있는 내 사무실로 오시길 바란다, 하는 내용으로,

"어머니, 가실 거예요?"

라고 내가 물었더니,

"하지만, 부탁을 해두었으니."

하고 참으로 견딜 수 없이 쓸쓸하다는 듯 웃으며 말했다.

이튿날, 예전의 운전수였던 마쓰야마 씨에게 함께 가 달라고 부탁해서 어머니는 정오 조금 지나서 집을 나섰고 밤 8시 무렵, 마쓰야마 씨의 배웅으로 돌아오셨다.

6 스루가의 미시마와 이즈의 슈젠지를 연결하던 철도. 지금의 이즈하코네 철도 슨즈 본선에 해당.

"결정했다."

방으로 들어와 나의 책상에 손을 얹고 그대로 무너지듯 앉으셔서 그렇게 한마디 하셨다.

"결정했다니, 뭘요?"

"전부."

"잠깐만."

하고 나는 놀라서,

"어떤 집인지 보지도 않고……."

어머니는 책상 위에 한쪽 팔꿈치를 세우고, 이마에 가볍게 손을 대고 조그만 한숨을 쉬시더니,

"와다 외삼촌이 좋은 곳이라고 하시는걸. 난 이대로 눈을 감고 그 집으로 이사해도 좋을 듯한 기분이 든다."

고 말씀하시고 얼굴을 들어 희미하게 웃으셨다. 그 얼굴은 약간 야위어 아름다웠다.

"그래 그럼."

라고 나도 어머니의 와다 외삼촌에 대한 아름다운 신뢰에 져서 수긍을 하고,

"그럼, 가즈코도 눈을 감을게요."

둘이서 소리 내어 웃었지만 그 후가 굉장히 쓸쓸했다.

이후부터 매일, 집으로 인부들이 와서 이삿짐 꾸리기가 시작되었다. 와다 외삼촌도 오셔서, 팔아야 할 것은 팔 수 있도록 여러 가지로 손을 써주셨다. 나는 하녀인

오키미와 둘이서 옷가지를 정리하기도 하고 잡동사니를 정원에서 태우기도 하며 정신없이 보냈지만, 어머니는 조금도 정리를 돕지도 지시를 해주지도 않고 매일 방에서 그냥 꾸물대시기만 했다.

"왜 그래요? 이즈에 가기 싫어졌어?"

라고 마음먹고 조금 매몰차게 물어도,

"아니."

라고 멍한 얼굴로 대답하실 뿐이었다.

열흘쯤 지나서, 정리가 끝났다. 나는 저녁에 오키미와 둘이서 종잇조각과 지푸라기를 정원에서 태우고 있었는데, 어머니도 방에서 나와 툇마루에 말없이 서서 우리들의 모닥불을 보고 계셨다. 잿빛 같은 차가운 서풍이 불어와 연기가 낮게 땅을 기어다니고 있고, 나는 문득 어머니의 얼굴을 올려다보았는데 어머니의 얼굴색이 지금까지 본 적이 없었을 정도로 나쁘다는 사실에 깜짝 놀라,

"어머니! 안색이 좋지 않아요."

라고 외치자, 어머니는 희미하게 웃으시며,

"별거 아니야."

라고 말고 조용히 다시 방으로 들어가셨다.

그날 밤, 이불은 벌써 이삿짐 속으로 들어가버렸기에 오키미는 2층의 서양식 방에 있는 소파에서, 어머니와 나는 어머니의 방에 이웃집에서 빌린 이불 한 채를 깔고,

둘이 함께 잤다.

어머니는 믿기지 않을 정도로 늙고 힘없는 목소리로,

"가즈코가 있어서, 가즈코가 있어주어서, 나는 이즈로 가는 거야. 가즈코가 있어주어서."

라고 뜻밖의 말씀을 하셨다.

나는 가슴이 덜컥해서,

"가즈코가 없었다면?"

하고 나도 모르게 물었다.

어머니는 갑자기 울음을 터뜨리시며,

"죽는 편이 낫다. 아버지께서 돌아가신 이 집에서 나도 죽고 싶구나."

라고 더듬더듬 말하고, 더욱 심하게 흐느끼셨다.

어머니는 지금까지 내게 단 한 번도 이런 나약한 말씀을 하신 적이 없었고, 또 이렇게 격렬하게 우시는 모습을 내게 보인 적도 없었다. 아버지가 돌아가셨을 때도, 내가 시집을 갈 때도, 그리고 아기를 배 속에 품은 채 어머니 곁으로 돌아왔을 때도, 그리고, 아기가 병원에서 죽은 채로 태어났을 때도, 그 뒤 내가 병에 걸려 몸져누웠을 때도, 또, 나오지가 나쁜 짓을 했을 때도, 어머니는 결코 이렇게 나약한 태도를 보이시지 않았다. 아버지께서 돌아가신 후 10년 동안, 어머니는 아버지가 세상에 계셨을 때와 조금도 다르지 않은, 느긋한, 우아한 어머니셨다. 우리도 마음껏 응석을 부리며 자라왔다. 하지만 어머니는 이제 돈이 떨어져버리고 말았다. 전부 우리를 위해서, 나와 나오지를 위해서 조금도 아끼지 않고 써버리신 것이다. 그래서 이제 이 오랜 세월 살아온 정겨운 집에서 나가, 이즈의 조그만 산장에서 나와 단둘이 쓸쓸한 생활을 시작하지 않으면 안 된다. 만약 어머니가 마음이 곱지 못하고 인색해서, 우리를 야단치고 또, 몰래 당신만의 돈을 불릴 궁리를 하시는 분이었다면, 아무리 세상이 바뀌어도 이렇게 죽고 싶을 정도의 마음이 드는 일은 없었을 텐데, 아아, 돈이 떨어진다는 것은 이 얼마나 끔찍한, 비참한, 구제할 길이 없는 지옥이란 말인가, 하고 태어나서 처음 깨달은 기분으로 가슴이 먹먹해져 너무 괴로워서 울고 싶어도 울지 못하고, 인생의 엄숙함이란 이럴 때의 느낌을 말하는 것일까, 손가락 하나 까딱할 수 없는 기분으로 똑바로 누운 채 나는 돌처럼 가만히 있었다.

이튿날, 어머니는 안색이 좋지 않고 여전히 어딘가 우물쭈물해서 조금이라도 오래 이 집에 머물고 싶은 모양이었지만, 와다 외삼촌이 오셔서 벌써 짐은 대부분 발송해버렸고 오늘 이즈로 출발, 이라고 말씀하셨기에 어머니는 마지못해 코트를 입고, 작별인사를 건네는 오키미와 우리 집과 왕래하던 사람들에게 말없이 인사를 하고, 외삼촌과 나와 셋이서 니시카타마치의 집을 나섰다.

기차는 비교적 한산해서 세 사람 모두 자리에 앉을 수 있었다. 기차 안에서 외삼촌은 매우 기분이 좋아서 노래를 흥얼거리셨지만, 어머니는 안색이 좋지 않았으며 고개를 숙인 채, 매우 추운 듯이 계셨다. 미시마에서 슨즈 철도로 갈아타고 이즈나가오카에서 하차한 뒤, 거기서 버스로 15분 정도 가다가 내려서 산을 향해 완만한 언덕길을 올라가자 조그만 마을이 있고, 그 마을 끝자락에 중국풍의, 약간 공을 들여 지은 산장이 있었다.

"어머니, 생각했던 것보다 좋은 곳이에요."

라고 내가 숨을 할딱이며 말했다.

"그렇구나."

라고 어머니도 산장의 현관 앞에 서서 순간 기쁘다는 듯한 눈빛을 보이셨다.

"무엇보다 공기가 좋아. 청정한 공기야."

라고 외삼촌은 자랑을 하셨다.

"정말이네."

하고 어머니는 미소 지으시며,

"맛있어. 이곳의 공기는 맛있어."

라고 말씀하셨다.

그리고 셋이서 웃었다.

현관으로 들어가 보니 도쿄에서 벌써 짐이 도착해 있어서, 현관이고 방이고 짐으로 가득 차 있었다.

"다음으로는, 방에서 바라보는 경치가 좋아."

외삼촌은 들떠서 우리를 방으로 끌고 들어가 앉혔다.

오후 3시 무렵으로, 겨울 해가 정원의 잔디에 부드럽게 내리고 있었으며, 잔디에서 돌계단을 내려선 부근에 조그만 연못이 있고, 매화나무가 많이 있고, 정원 아래에는 귤밭이 펼쳐져 있고, 마을의 도로가 있고, 그 너머는 논이고 훨씬 멀리로 솔숲이 있고, 그 솔숲 너머로 바다가 보였다. 바다는 이렇게 방에 앉아 있으면, 딱 내 젖가슴 끝에 수평선이 닿을 듯한 높이로 보였다.

"온화한 풍경이로구나."

라고 어머니가 우울한 듯 말씀하셨다.

"공기 때문일까. 햇빛이 도쿄와는 전혀 달라요. 햇살이 비단결 같아."

라고 나는 신이 나서 말했다.

10첩[7]짜리 방과 6첩짜리 방과, 중국식 응접실과 현관이 3첩, 욕실에도 3첩짜리 방이 딸려 있고, 식당과 부엌과 2층에 커다란 침대가 딸린 손님용 양실이 1칸, 그게 전부였지만 우리 두 사람, 아니 나오지가 돌아와서 세 사람이 되어도 특별히 좁지는 않을 것이라고 생각했다.

7 다다미를 세는 단위. 1첩은 약 1.65㎡.

외삼촌은 이 마을에 딱 한 곳뿐이라는 여관으로 식사를 부탁하러 가셨고, 마침내 배달 온 도시락을 방바닥에 펼쳐놓고 가지고 온 위스키를 마시며 이 산장의 전 주인이었던 가와다 자작과 중국으로 여행 갔을 때의 실패담을 이야기하는 등 매우 기분이 좋으셨지만, 어머니는 도시락에도 아주 살짝 젓가락을 대셨을 뿐, 곧 주위가 어둑해졌을 무렵,

"잠깐, 이대로 눕게 해줘."

라고 조그만 목소리로 말씀하셨다.

내가 짐 속에서 이불을 꺼내 눕혀드리고, 왠지 자꾸만 마음에 걸리기 시작했기에 짐 속에서 체온계를 찾아내 열을 재보았더니, 39도였다.

외삼촌도 깜짝 놀라신 듯, 어쨌든 아랫마을까지 의사를 찾으러 나가셨다.

"어머니!"

하고 불러도 그저 가물가물하시기만 했다.

나는 어머니의 조그만 손을 꼭 쥐고 훌쩍였다. 어머니가 가엾고 가여워서, 아니, 우리 두 사람이 가엾고 가여워서, 아무리 울어도 멈추지 않았다. 울면서 정말 이대로 어머니와 함께 죽고 싶다고 생각했다. 이제 우리는 아무것도 필요 없다. 우리의 인생은 니시카타마치의 집을 나선 순간, 이미 끝난 것이라고 생각했다.

2시간쯤 지나서 외삼촌은 마을의 의사 선생님을 모시고 오셨다. 의사 선생님은 벌써 꽤나 나이를 드신 듯했는데, 센다이 지방의 고급 비단으로 지은 하카마를 입고, 하얀 버선을 신었다.

진찰이 끝나자,

"폐렴이 될지도 모르겠습니다. 하지만 폐렴이 된다 해도 걱정할 건 없습니다."

라며 어딘가 믿음직스럽지 못한 말을 하고, 주사를 놓은 뒤 돌아갔다.

이튿날이 되어서도 어머니의 열은 내리지 않았다. 와다 외삼촌은 내게 2천 엔[8]을 건네며, 혹시 만약 어쩔 수 없이 입원하게 되면 도쿄로 전보를 치라는 말씀을 남기시고, 우선은 그날로 귀경하셨다.

나는 짐 속에서 최소한으로 필요한 취사도구를 꺼내 죽을 쑤어 어머님께 권했다. 어머니는 누우신 채 세 숟가락 드시고, 그런 다음 머리를 흔드셨다.

정오 조금 전에, 아랫마을의 의사 선생님이 다시 왔다. 이번에는 하카마를 입지 않았으나, 하얀 버선은 여전히 신고 있었다.

8 당시(1945년 12월)의 표준 쌀 10㎏의 소매가격은 6엔이었다.

"입원하는 편이……"
하고 내가 말했더니,

"아니, 그럴 필요는 없을 겁니다. 오늘은 한번 강한 주사를 놓아드릴 테니, 열도 내릴 겁니다."
라고 변함없이 믿음직스럽지 못한 대답으로, 이른바 그 강한 주사를 놓고 돌아갔다.

그런데 그 강한 주사가 신통한 효력을 발휘한 것인지 그날 정오를 지나서 어머니의 얼굴이 새빨개지고 그다음 땀이 심하게 나서, 잠옷을 갈아입을 때 어머니는 웃으며,

"명의일지도 모르겠네."
라고 말씀하셨다.

열은 37도로 내려갔다. 나는 기뻐서, 이 마을에 딱 한 채 있는 여관으로 달려가 그곳의 여주인에게 부탁해서, 달걀을 10알 정도 받아다 얼른 반숙으로 만들어 어머니에게 올렸다. 어머니는 반숙을 3알, 그리고 죽을 밥공기로 절반 정도 드셨다.

다음 날, 마을의 명의가 또 하얀 버선을 신고 와서, 내가 어제의 강한 주사에 대한 감사의 말을 올리자, 듣는 게 당연하다는 듯한 얼굴로 크게 끄덕인 뒤 세심하게 진찰을 하고, 그리고 내 쪽을 돌아보며,

"마님은 이제 환자가 아니십니다. 그러니 지금부터는 무엇을 드셔도 무슨 일을 하셔도 괘념하실 것 없습니다."

라고 역시 이상한 투로 말하기에, 나는 터져나오려는 웃음을 참느라 애를 먹었다.

선생님을 현관까지 배웅하고, 방으로 돌아와 보니, 어머니는 이부자리 위에 앉아 계셨다.

"정말 명의야. 나는 이제 병이 아니야."

라고 아주 즐겁게 들뜬 얼굴로 혼잣말을 중얼거렸다.

"어머니, 장지문을 열까요? 눈이 내리고 있어요."

꽃잎 같은 커다란 함박눈이 하늘하늘 내리기 시작한 것이었다. 나는 장지문을 열고 어머니와 나란히 앉아 유리창 너머로 이즈의 눈을 바라보았다.

"이제 병이 아니야."

라고 어머니는 다시 혼잣말처럼 중얼거리시고,

"이렇게 앉아 있자니 예전의 일들이 전부 꿈처럼 느껴지는구나. 사실 나는, 이사가 닥쳐오자 이즈로 오기가 아주 영 싫어져버렸어. 니시카타마치의 그 집에 하루라도 한나절이라도 더 있고 싶었어. 기차에 탔을 때는 반쯤 죽은 것 같은 기분이었고, 여기에 도착했을 때도 처음에 잠깐 즐거운 듯한 기분이 들었지만 어둑해지자 벌써 도쿄가 그리워져서 가슴이 타는 것 같고 정신이 아득해졌어. 평범한 병이 아니야. 신께서 나를 한 번 죽이셨다가, 그런 다음 어제까지의 나와 다른 나로 만들어서 다시 태어나게 해주신 거야."

그로부터 오늘까지, 우리 두 사람만의 산장 생활이 그럭저럭 큰일도 없이 안온하게 이어져온 것이다. 마을 사람들도 우리를 친절하게 대해주었다. 여기로 이사 온 것은 작년 12월, 그로부터 1월, 2월, 3월, 4월인 오늘까지, 우리는 식사 준비 외에는 대부분 툇마루에서 뜨개질을 하기도 하고 중국풍 방에서 책을 읽기도 하고 차를 마시기도 하고, 거의 세상에서 멀어져버린 듯한 생활을 했다. 2월에는 매화가 피어 이 마을 전체가 매화꽃에 묻혀버렸다. 그리고 3월이 되어서도 바람 없는 온화한 날이 많았기에, 만개한 매화는 조금도 저물지 않고 3월 말까지 아름답게 피어 있었다. 아침에도 점심에도 저녁에도 밤에도, 매화꽃은 한숨이 나올 정도로 아름다웠다. 그리고 툇마루의 유리문을 열면, 언제든 꽃의 향기가 방으로 슥 흘러들었다. 3월 말에는 저녁이 되면 어김없이 바람이 일어, 내가 저물녘에 식당에서 그릇을 늘어놓고 있으면, 창으로 매화꽃잎이 날아들어 그릇 속으로 들어가 젖었다. 4월이 되어, 나와 어머니가 툇마루에서 뜨개질을 할 때 우리의 화제는, 대부분 밭 일구기에 대한 계획이었다. 어머니도 돕고 싶다고 말씀하신다. 아아, 이렇게 쓰고 보니, 정말로 우리는 언젠가 어머니께서 말씀하신 것처럼 한번 죽었다가 다른 우리가 되어 다시 태어난 듯도 하지만, 그러나 예수님과 같은 부활은 어차피 인간에게는 불가능한 것 아닐까. 어머니는 그렇게 말씀하셨지만, 그래도 역시 수프를 한 숟가락 드시고는, 나오지가 떠올라아, 라고 외치신다. 그리고 내 과거의 상처도 사실은 조금도 낫지는 않았다.

아아, 그 무엇도 하나도 숨기지 말고 분명하게 쓰고 싶다. 이 산장의 안온함은 전부 거짓된 허울에 지나지 않는다고, 나는 은밀히 생각했던 적조차 있다. 이것이 우리 모녀가 신께 받은 짧은 휴식기간이라 할지라도, 벌써 이 평화에는 어떤 불길하고 어두운 그림자가 숨어든 듯한 기분이 들어 견딜 수가 없다. 어머니는 행복을 가장하면서도 하루하루 쇠약해지시고, 내 가슴에는 살무사가 깃들어 어머니를 희생으로 삼으면서까지 살이 오르고, 스스로 짓누르고 짓눌러도 살이 오르고, 아아, 이게 단지 계절 탓만이었으면 좋겠는데, 내게는 요즘 이런 생활이 도저히 견딜 수 없어지는 경우가 있다. 뱀의 알을 태우는 경솔한 짓을 한 것도, 틀림없이 이런 내 초조함의 표출 가운데 하나였으리라. 그렇게 해서 그저, 어머니의 슬픔을 더욱 크게 하여 쇠약하게 만들었을 뿐이다.

사랑, 이라고 썼더니 더는 쓸 수 없게 되었다.

2

뱀의 알 사건 이후 열흘쯤 지났을 때, 불길한 일이 연달아 일어나 어머니의 슬픔을 더욱 크게 해서 그 생명을 희미하게 만들어버렸다.

내가 불을 낼 뻔했던 것이다.

내가 불을 낸다. 내 생애에 그런 끔찍한 일이 있으리라고는 어렸을 때부터 지금까지 단 한 번도 꿈에조차 생각했던 적이 없었는데.

불을 소홀히 하면 화재가 일어난다는 지극히 당연한 일조차 깨닫지 못할 정도로 나는 그 이른바 '공주님'이었던 걸까.

밤중에 화장실에 가기 위해서 일어나 현관의 이동식 칸막이까지 갔는데, 목욕탕 쪽이 밝았다. 별 생각도 없이 들여다보았더니 목욕탕의 유리문이 새빨갛고, 타닥타닥 소리가 들려왔다. 잔걸음으로 달려가 쪽문을 열고 맨발로 밖으로 나가보았더니, 목욕탕 아궁이 옆에 쌓아놓았던 장작더미가 무시무시한 기세로 타고 있었다.

정원으로 이어진 아랫집 농가로 달려가 있는 힘껏 문을 두드리며,

"나카이 씨, 일어나주세요, 불이 났어요!"

라고 외쳤다.

나카이 씨는 벌써 잠을 자고 있었던 듯했지만,

"네, 바로 가겠습니다."

라고 대답하고 내가 부탁합니다, 얼른 와주세요, 라고 말하고 있는 사이에, 유카타 잠옷을 입은 채 집에서 뛰어나왔다.

둘이서 불 옆으로 달려가 양동이로 연못물을 떠다 뿌리고 있자니, 방의 복도 쪽에서 어머니의 아앗, 하는 외침이 들려왔다. 나는 양동이를 내던지고 정원에서 복도로 올라가,

"어머니, 걱정하지 마세요. 괜찮아, 주무시고 계셔요."

하고 쓰러지려는 어머니를 안아 일으켜 침상으로 데리고 가서 눕히고, 다시 불이 난 곳으로 달려 돌아가 이번에는 목욕탕의 물을 떠서는 나카이 씨에게 건네주고 나카이 씨가 그것을 장작더미 위에 뿌렸지만 불길이 세서, 도저히 그런 식으로는 꺼질 것 같지도 않았다.

"불이야. 불이야! 별장에 불이 났다!"

라는 목소리가 아래쪽에서 들리더니, 곧 네다섯 명의

마을사람들이 울타리를 부수고 뛰어들었다. 그리고 울타리에 있는 용수의 물을 릴레이식으로 양동이에 날라 2~3분 사이에 꺼주었다. 조금만 늦었어도 목욕탕의 지붕으로 불이 옮겨 붙을 판이었다.

다행이다, 라고 생각한 순간, 나는 이 화재의 원인을 깨닫고 깜짝 놀랐다. 정말이지, 나는 그때서야 비로소 이 화재 소동은 내가 저녁, 목욕탕 아궁이의 타고 남은 장작을 아궁이에서 꺼내 불을 껐다고 생각하고 장작더미 옆에 놓은 데서 일어난 것이다, 라는 사실을 깨달은 것이다. 그렇게 깨닫고 울고 싶어져서 멍하니 서 있었더니 앞집인 니시야마 씨의 며느리가 울타리 밖에서, 목욕탕이 홀랑 탔어, 아궁이의 불을 잘 단속하지 못한 거야, 라고 커다란 소리로 말하는 것이 들려왔다.

촌장 후지타 씨, 니노미야 순사, 경방단장 오우치 씨 등이 찾아오셨는데 후지타 씨는 평소의 다정하게 웃는 얼굴로,

"놀라셨죠? 어떻게 된 일인가요?"

라고 물으셨다.

"제가 잘못했어요. 꺼진 줄 알고 장작을……."

이라고 말을 꺼냈는데, 내 자신이 너무나도 비참해서 그대로 고개를 숙이고 입을 다물었다. 경찰서로 끌려가서 죄인이 될지도 모른다고 그때 생각했다. 맨발에 잠옷 바

람에 제정신을 잃은 내 모습이 갑자기 부끄러워져서 절실하게, 몰락했다고 생각했다.

"알겠습니다. 어머님은?"

하고 후지타 씨는 위로하는 듯한 투로 조용히 말했다.

"방에 누워 계시라고 했어요. 크게 놀라셔서……."

"어쨌든 그,"

하고 젊은 니노미야 순사도,

"집에 불이 옮겨 붙지 않아서 다행이네요."

라고 위로하듯 말했다.

그때 거기로 아랫집 농가의 나카이 씨가 옷을 갈아입고 다시 나와서,

"뭐 그냥, 장작이 조금 탄 것뿐입니다. 화재, 라고도 할 수 없습니다."

라고 숨을 헐떡이며 말해서 나의 한심한 과실을 감싸주었다.

"그렇습니까? 잘 알았습니다."

라고 촌장 후지타 씨는 두 번이고 세 번이고 끄덕인 뒤 그런 다음 니노미야 순사와 무엇인가 작은 목소리로 상의를 하다가,

"그럼 돌아갈 테니, 어머님께 잘 말씀드리세요."

라고 하시고 그대로 경방단장 오우치 씨와 그 외의 다른 분들과 함께 돌아가셨다.

니노미야 순사만 남아서, 내 바로 앞까지 다가와서 숨결뿐인 듯 여겨지는 작은 목소리로,

"그럼 말이죠, 오늘 밤의 일은 따로 보고하지 않겠습니다."

라고 말했다.

니노미야 순사가 돌아가자 아랫집의 나카이 씨가,

"니노미야 씨가 뭐라던가요?"

라고 참으로 걱정스럽다는 듯, 긴장한 목소리로 물었다.

"보고하지 않겠다고, 말씀하셨어요."

라고 대답했는데, 울타리 쪽에 아직 계시던 동네 분들이 나의 그 대답을 들은 듯 그래, 다행이다, 다행이야, 라고 말하며 천천히 돌아갔다.

나카이 씨도, 안녕히 주무세요, 라고 말하고 돌아갔고 그 후에는 나 홀로, 멍하니 불에 탄 장작더미 옆에 서서 눈물을 글썽이며 하늘을 올려다보았더니, 그것은 벌써 동틀 녘에 가까운 하늘의 모습이었다.

목욕탕에서 손과 발과 얼굴을 씻고, 어머니를 만나기가 왠지 두려워져서 목욕탕의 세 첩 방에서 머리를 고치기도 하고 우물쭈물하다가, 부엌으로 가서 날이 완전히 밝을 때까지 할 필요도 없는 부엌의 식기 등을 정리했다.

날이 밝아 방 쪽으로 가만히 발소리를 죽여 가보니, 어머니는 벌써 옷을 말끔히 갈아입고 중국풍 방의 의자

에 완전히 지치신 듯 앉아 계셨다. 나를 보고 빙그레 웃으셨는데, 그 얼굴은 가슴이 덜컥 내려앉을 만큼 창백했다.

나는 웃지 못하고 말없이, 어머니의 의자 뒤에 섰다.

잠시 후 어머니가,

"별일도 아니었더구나. 태우기 위해서 있는 장작 아니냐."

라고 말씀하셨다.

나는 갑자기 즐거워져서, 후훗 하고 웃었다. '경우에 합당한 말은 아로새긴 은쟁반에 금 사과니라'[9]라는 성경의 잠언이 떠올라, 이렇게 다정한 어머니를 가지고 있는 자신의 행복을 진심으로 신께 감사했다. 어젯밤의 일은 어젯밤의 일. 더는 마음에 담아두지 않겠다고 생각하고, 나는 중국풍 방의 유리문 너머로 이즈의 아침 바다를 바라보며 언제까지고 어머니의 뒤에 서 있었는데, 나중에는 어머니의 조용한 숨결과 나의 숨결이 완전히 일치해 버렸다.

아침식사를 가볍게 마치고 나서 나는 불에 탄 장작더미의 정리를 시작했는데, 이 마을에 딱 한 군데 있는 여관의 여주인 오사키 씨가,

9 구약성경 잠언 25장 11절.

"어떻게 된 거예요? 어떻게 된 거예요? 저, 지금, 처음 들어서, 세상에, 어젯밤에는 대체 어떻게 된 거예요?"
라고 말하며 정원의 사립문을 잔걸음으로 달려 들어오는데 그 눈에서는 눈물이 빛나고 있었다.

"죄송합니다."
라고 나는 작은 목소리로 사과했다.

"죄송이고 뭐고. 그보다 아가씨, 경찰 쪽에서는?"

"괜찮대요."

"진짜 다행이다."
라고 진심으로 기쁘다는 듯한 얼굴을 해주었다.

나는 오사키 씨에게, 마을의 모두에게 어떤 식으로 인사와 사과를 해야 좋을지 상의했다. 오사키 씨는 역시 돈이 좋겠지요, 라고 말하며 그것을 들고 사과를 하러 찾아가야 할 집들을 가르쳐주었다.

"하지만 아가씨가 혼자서 돌아다니기 싫으시면, 저도 함께 따라가 드릴게요."

"혼자 가는 편이 좋겠죠?"

"혼자 갈 수 있겠어요? 그야, 혼자 가는 편이 좋죠."

"혼자 가겠어요."

그런 다음 오사키 씨는 불에 탄 곳의 정리를 조금 도와주었다.

정리가 끝난 뒤, 나는 어머니에게서 돈을 받아 100엔

지폐를 1장씩 미노(美濃)[10] 종이에 싸고 각각의 종이에 '사죄'라고 썼다.

가장 먼저 우선 관청으로 갔다. 촌장 후지타 씨는 자리에 없었기에 접수 아가씨에게 종이에 싼 돈을 내밀며,

"어젯밤 일은, 죄송하게 되었습니다. 앞으로는 조심할 테니 모쪼록 용서해주시기 바랍니다. 촌장님께 잘 좀 전해주세요."

라고 사과의 말을 올렸다.

그다음, 경방단장 오우치 씨의 집으로 갔는데 오우치 씨가 현관으로 나오셔서 나를 보고 말없이 슬픈 미소를 지으셨기에 나는 어째서인지 갑자기 울고 싶어져서,

"어젯밤에는, 죄송했습니다."

라고 말하는 것이 전부였을 뿐, 서둘러 인사를 하고 길을 가며 눈물이 넘쳐흘러서 얼굴이 엉망이 되었기에, 일단 집으로 돌아가 세면실에서 세수를 하고 화장을 고치고 다시 나서려고 현관에서 구두를 신고 있자니, 어머니가 나오셔서,

"또, 어디에 가는 거니?"

라고 말씀하셨다.

10 기후현 중남부 지역의 옛 지명. 종이 생산지로 유명.

"응, 지금부터예요."

나는 얼굴을 들지 않고 대답했다.

"고생이 많구나."

차분하게 말씀하셨다.

어머니의 애정에 힘을 얻어 이번에는 한 번도 울지 않고, 전부를 돌 수 있었다.

구장[11]님 댁에 갔더니 구장님은 안 계시고 아드님의 부인이 나오셨는데 나를 보자마자 오히려 그쪽에서 눈물을 글썽이셨으며 또, 순사의 주재소에서는 니노미야 순사가 다행이다, 다행이다, 라고 말씀해주었고 모두 상냥한 분들뿐으로, 그런 다음 동네의 집들을 돌았는데, 역시 모두로부터 동정을 받고 위로를 얻었다. 단, 앞집인 니시야마 씨의 며느리, 라고는 해도 벌써 마흔 정도의 아줌마지만, 그 사람에게만은 호되게 야단을 맞았다.

"앞으로 조심해주세요. 황족(皇族)인지 뭔지는 모르겠지만, 전에부터 당신들의 소꿉놀이 같은 생활을 조마조마하게 지켜보고 있었어요. 어린애가 둘이서 살고 있는 것 같으니, 지금까지 불을 내지 않은 게 신기할 정도

11 메이지 시대였던 1872년 이후 시행되어 1878년에 폐지된 '대구소구제' 행정구획제도에 따라 '부'와 '현'을 대구로 나누고, 다시 대구를 소구로 나누었는데 구장은 대구의 행정책임자이다.

야. 정말 앞으로는 조심해주세요. 어젯밤에도 당신, 거기서 바람이 셌으면 이 마을 전체가 불에 탔을 거예요."

이 니시야마 씨의 며느님은 아랫집 농가인 나카이 씨 등이 촌장님과 니노미야 순사 앞으로 달려와서, 화재라고도 할 수 없습니다, 라고 말하며 감싸주었을 때 울타리 밖에서, 목욕탕이 홀랑 탔어, 아궁이의 불을 잘 단속하지 못한 거야, 라고 커다란 목소리로 말했던 사람이다. 하지만 나는 니시야마 씨 며느님의 잔소리에서도 진실함을 느꼈다. 정말 맞는 말이라고 생각했다. 조금도 니시야마 씨의 며느님을 원망할 필요는 없다. 어머니는 태우기 위한 장작인걸, 이라고 농담을 하며 나를 위로해주셨지만, 그러나 그때 바람이 셌다면, 니시야마 씨 며느님의 말씀대로 이 마을 전체가 불에 탔을지도 모른다. 그랬다면 나는 죽음으로 사죄를 한다 해도 다 갚지 못했을 것이다. 내가 죽으면 어머니도 살아서는 계시지 않을 것이며 또 돌아가신 아버지의 이름을 더럽히는 일이 되기도 한다. 이제는 더는 황족이네, 화족이네 존재하지도 않지만, 그래도 어차피 스러질 바에는 한껏 화려하게 스러지고 싶다. 불을 내서 그에 대한 사죄로 죽다니 그런 비참한 죽음으로는 죽어도 눈을 감지 못하리라. 어쨌든 좀 더 정신을 차리지 않으면 안 된다.

나는 다음 날부터 밭 일구기에 힘을 쏟았다. 아랫집

농가 나카이 씨의 따님이 가끔 도와주셨다. 불을 내는 등의 추태를 연출한 뒤부터는 내 몸의 피가 왠지 검붉어진 듯한 기분이 들었는데, 그 전부터는 내 가슴에서 못된 살무사가 살았고 이번에는 피의 색깔까지 조금 변했기에 마침내 야성의 시골 처자가 되어가는 듯한 기분으로, 어머니와 툇마루에서 뜨개질을 하고 있으면 이상하게 갑갑하고 숨이 막혀 오히려 밭으로 가서 흙을 일구는 편이 더 마음 편할 정도였다.

근육노동이라고 해야 하나? 이처럼 힘을 쓰는 일은 내게 있어서 이번이 처음은 아니다. 나는 전쟁 때 징용되어 어기영차[12]까지 한 적이 있었다. 지금 밭에 신고 들어가는 작업화[13]도 그때 군에서 배급한 것이다. 작업화라는 걸, 그때 그야말로 태어나서 처음으로 신어보았는데 깜짝 놀랄 정도로 착용감이 좋았고 그것을 신고 정원을 돌아다녀 보았더니, 새나 짐승이 맨발로 땅바닥을 걸어다니는 경쾌함을 나도 잘 알 듯한 기분이 들어 굉장히 가슴이 설렐 정도로 기뻤다. 전쟁 중의 즐거운 기억은 딱 그것 하나뿐. 생각해보면, 전쟁 따위 한심한 것이었다.

12 건축현장에서 땅을 다질 때 여러 명이 무거운 달구를 도르래로 올렸다 내렸다 하는 노동. 혹은 그 노동 구령을 일컬음. 대부분은 여성이 한다.

13 지카타비(地下足袋). 노동자용 작업화로, 왜버선 모양에 고무창을 댄 것.

작년에는 아무것도 없었다.

재작년에는 아무것도 없었다.

그 전해에도 아무것도 없었다.

이런 재미있는 시가 종전 직후의 어떤 신문에 실린 적이 있었는데, 정말, 지금 생각해보아도 여러 가지 일들이 있었던 듯한 기분이 들지만, 역시 아무것도 없었던 것과 다를 바 없는 것 같다는 기분이 들기도 한다. 나는 전쟁의 추억은 이야기하는 것도, 듣는 것도 싫다. 사람이 여럿 죽었는데, 그래도 진부하고 따분하다. 그러나 나는 역시 이기적인 것일까? 내가 징용당해서 작업화를 신고 어기영차를 했을 때의 일만은 그렇게 진부하다고도 생각지 않는다. 아주 심한 일도 있었지만, 그러나 나는 그 어기영차 덕분에 몸이 아주 건강해져서 지금도 생활이 더욱 어려워지면 어기영차를 해서 살아가겠다고 생각하는 적이 있을 정도다.

전국(戰局)이 절망적으로 변하기 시작했을 무렵, 군복 비슷한 것을 입은 남자가 니시카타마치의 집으로 찾아와 내게 징용 공문과 노동의 일정을 적은 종이를 건네주었다. 일정이 적힌 종이를 보니, 나는 그다음 날부터 하루걸러 하루씩 다치카와 안쪽의 산으로 다니게 되어 있었기에 나도 모르게 눈에서 눈물이 흘러내렸다.

"대리인은 안 될까요?"

눈물이 멈추지 않아, 훌쩍이고 말았다.

"군에서 당신에게 징용이 온 것이니 반드시 본인이 아니면 안 됩니다."
라고 그 남자는 강경하게 대답했다.

나는 갈 결심을 했다.

그 이튿날은 비가 내렸는데, 우리를 다치카와 산의 기슭에 정렬시켜놓고 우선 장교가 설교를 시작했다.

"전쟁에는 반드시 이길 것이오."
라고 운을 떼고,

"전쟁에는 반드시 이기나, 하지만 여러분이 군의 명령대로 일을 하지 않으면 작전에 지장을 초래해서, 오키나와(沖縄) 같은 결과[14]가 될 것이오. 반드시 지시받은 만큼의 일은 해주기 바라오. 그리고 이 산에도 스파이가 들어와 있을지도 모르니, 서로 주의할 것. 여러분도 앞으로는 병사와 마찬가지로 진지 속으로 들어가 일을 하는 것이니, 진지의 모습은 절대로 다른 곳에서 말하지 않도록 충분히 주의하기 바라오."
라고 말했다.

14 제2차 세계대전 말에 오키나와에서 벌어진 미일 간의 격전. 일본군 간부들이 자결했고 주민들까지 전원 옥쇄해 서로를 죽이거나 수류탄으로 자결하는 비극이 일어났다.

산에는 비가 뿌옇게 내렸고, 남녀 합쳐서 500명 가까운 대원이 비에 젖으며 서서 그 이야기를 경청했다. 대원 중에는 국민학교[15]의 남학생 여학생도 섞여 있어서, 모두 추운 듯 울 것 같은 얼굴을 하고 있었다. 비는 내 레인코트를 지나 상의로 스며들었고, 결국은 속옷까지 적셨을 정도였다.

그날은 종일, 삼태기[16]를 짊어졌는데 돌아오는 전차 안에서 눈물이 나와 견딜 수가 없었으나, 그다음에는 어기영차의 줄을 당겼다. 그리고 내게는 그 일이 가장 재미있었다.

두 번, 세 번, 산에 가는 동안 국민학교 남학생들이 내 모습을 묘하게 유심히 보게 되었다. 어느 날 내가 삼태기를 짊어지고 있자니 남학생이 두어 명, 나와 스쳐 지났고 그런 다음 그 가운데 한 명이,

"저 녀석이 스파이야?"

라고 작은 목소리로 말한 것을 들었기에, 나는 깜짝 놀라 버리고 말았다.

"왜 저런 소리를 하는 걸까?"

15 1941년부터 1947년까지 쓰였던 일본 초등학교의 명칭. 의무교육 연한은 초등과 6년, 고등과 2년으로 총 8년.

16 못코(モッコ). 새끼를 그물처럼 엮고 네 귀퉁이에 끈을 단 것으로, 흙이나 돌을 담아 봉으로 짊어져 나른다.

라고 나는 나와 나란히 삼태기를 짊어지고 가던 젊은 아가씨에게 물었다.

"외국인처럼 생겨서요."

젊은 아가씨는 진지하게 대답했다.

"당신도 나를 스파이라고 생각하고 있나요?"

"아니요."

이번에는 조금 웃으며 대답했다.

"나, 일본인이에요."

라고 말하고, 자신의 그 말이 스스로도 바보 같은 난센스처럼 여겨져 혼자서 큭큭 웃었다.

어느 날씨 좋은 날, 나는 아침부터 남자들과 함께 통나무를 옮기고 있었는데, 감시당번인 젊은 장교가 얼굴을 찌푸리고 나를 가리키며,

"이봐, 자네. 자네는 이쪽으로 따라와."

라고 말하고 얼른 솔숲 쪽으로 걸어가기에 나는 불안과 공포로 가슴이 두근거린 채 그 뒤를 따라갔다. 숲 안쪽에 제재소에서 막 도착한 판자가 쌓여 있고 장교는 그 앞까지 가서 멈춰 서서 휙 내 쪽을 돌아보고,

"매일, 힘들었죠? 오늘은 일단 이 목재를 지키세요."

라고 하얀 이를 드러내며 웃었다.

"여기에, 서 있는 건가요?"

"여기는 시원하고 조용하니, 이 판자 위에서 낮잠이

라도 주무세요. 만약 심심하면 이건, 읽으셨을지도 모르겠지만."
하고 말하며, 상의 주머니에서 작은 문고본을 꺼내, 부끄럽다는 듯 판자 위에 던지고,

"이런 거라도 읽고 계세요."

문고본에는 《트로이카》라고 적혀 있었다.

나는 그 문고본을 집어 들고,

"감사합니다. 집에도 책을 좋아하는 사람이 있어요. 지금은 남방에 가 있습니다만."
하고 말했더니 잘못 알아들은 듯,

"아아, 그렇군. 당신의 남편이시겠죠? 남방이라니, 힘들겠네요."
라고 머리를 흔들며 차분하게 말하고,

"어쨌든 오늘은 여기서 판자를 지키고요. 당신의 도시락은 나중에 제가 가져다 드릴 테니 천천히 쉬고 계세요."
라고 내던지듯 말하고 급한 발걸음으로 돌아갔다.

나는 목재에 걸터앉아 문고본을 읽었는데, 반쯤 읽었을 무렵 그 장교가 뚜벅뚜벅 구두 소리를 울리며 와서,

"도시락을 가져왔습니다. 혼자서 심심하시죠?"
라고 말하고 도시락을 풀밭 위에 놓은 뒤 다시 급히 서둘러 돌아갔다.

나는 도시락을 먹고 나서 이번에는, 목재 위로 기어

올라가 누워서 책을 읽었고 전부 다 읽은 다음, 까무룩 낮잠을 자기 시작했다.

눈을 뜬 것은, 오후 3시 넘어서였다. 나는 문득 그 젊은 장교를 전에 어딘가에서 본 적이 있었던 것 같다는 느낌이 들어서 생각해 보았으나, 떠오르지 않았다. 목재에서 내려와 머리를 매만지고 있자니, 또 뚜벅뚜벅 구두 소리가 들려오더니,

"이거, 오늘은 수고하셨습니다. 그만 돌아가셔도 됩니다."

나는 장교 쪽으로 달려가서 문고본을 내밀고 감사의 말을 하려 했으나, 말이 나오지 않아 말없이 장교의 얼굴을 올려다보았는데 두 사람의 눈이 마주친 순간, 내 눈에서 주르르 눈물이 나왔다. 그러자 그 장교의 눈에서도, 반짝하고 눈물이 반짝였다.

그대로 말없이 헤어졌는데 그 젊은 장교는 그것을 마지막으로 한 번도 우리가 일하고 있는 곳에 얼굴을 보이지 않았으며, 나는 그날 딱 하루 놀 수 있었을 뿐 이후부터는 역시 하루걸러 하루씩 다치카와 산에서 힘든 작업을 했다. 어머니는 내 몸을 자꾸만 걱정해주셨지만 나는 오히려 건강해져서 지금은 어기영차 작업에도 은근히 자신감을 가지고 있으며, 또 밭일에도 특별히 고통을 느끼지 못하는 여자가 되었다.

전쟁에 대해서는 이야기하기도 듣기도 싫다고 말했으면서 그만 나의 '귀중한 체험담'을 이야기하고 말았는데, 하지만 전쟁에 관한 나의 추억 중에서 조금이라도 이야기하고 싶은 건 대충 이 정도의 일이고 나머지는 그저 언젠가의 그 시처럼,

작년에는 아무것도 없었다.

재작년에는 아무것도 없었다.

그 전해에도 아무런 일도 없었다.

라고 말하고 싶을 정도여서 단지 한심하고, 내 몸에 남아 있는 것은 이 작업화 한 켤레라는 덧없음뿐이다.

작업화에서부터 나도 모르게 쓸데없는 이야기를 시작해서 탈선해버렸지만 나는, 이, 전쟁의 유일한 기념품이라고 할 만한 작업화를 신고 매일처럼 밭으로 나가서 가슴 속의 은밀한 불안이나 초조함을 달래고 있으나, 어머니는 요즘 눈에 띄게 하루하루 약해져 가시는 것처럼 보인다.

뱀의 알.

화재.

그 무렵부터 정말 어머니는 부쩍 환자처럼 되어버리셨다. 그리고 나는 그 반대로, 점점 거칠고 천한 여자가 되어가는 듯한 기분도 든다. 아무래도 왠지 내가 어머니에게서 생기를 쭉쭉 빨아들여 살이 쪄가고 있는 듯한 마

음이 들어 견딜 수가 없다.

불이 났을 때에도, 어머니는 태우기 위한 장작인걸, 이라고 농담을 하고 그것을 마지막으로 화재에 대해서는 한 말씀도 하지 않았으며 오히려 나를 위로해주는 듯했지만, 그러나 내심 어머니가 받으신 충격은 나보다 10배나 강했음에 틀림없다. 그 불이 난 뒤부터 어머니는 밤중에 가끔 신음하시는 경우가 있으며, 바람이 강한 밤에는 화장실에 가는 척하며, 깊은 밤에 몇 번이고 자리에서 빠져나가서 집 안을 둘러보시곤 한다. 그리고 얼굴색은 언제나 우울했으며 간신히 걷는 것처럼 보이는 날도 있다. 밭일도 돕고 싶다고 전에 말씀하셨지만 한번은 내가 그만두라고 말씀드렸는데도, 우물에서 커다란 통으로 밭에 물을 대여섯 번 나르더니 이튿날 숨을 쉴 수 없을 정도로 어깨가 뭉쳤다, 고 말씀하시며, 온종일 누워 계시기만 했고, 그런 일이 있고 난 뒤부터는 역시 밭일은 포기하신 모양으로 가끔 밭에 나오셔서도 내 일하는 모습을 그냥 가만히 바라보시기만 할 뿐이다.

"여름 꽃을 좋아하는 사람은 여름에 죽는다고 하는데, 정말일까?"

오늘도 어머니는 내가 밭일하는 모습을 가만히 지켜보시다가 문득 이런 말씀을 하셨다. 나는 말없이 가지에 물을 주고 있었다. 아아, 그러고 보니 벌써 초여름이다.

"나는 자귀나무 꽃을 좋아하는데, 이곳의 정원에는 한 그루도 없네."
라고 어머니는 다시 조용히 말씀하셨다.

"협죽도는 많이 있잖아요."

나는 일부러 퉁명스러운 투로 말했다.

"그건 싫어. 여름 꽃은 대부분 좋아하지만 그건 너무 말괄량이 같아서."

"나는 장미가 좋아요. 하지만 그건 사계절 내내 피니, 장미를 좋아하는 사람은 봄에 죽고, 여름에 죽고, 가을에 죽고, 겨울에 죽고, 네 번이나 다시 죽지 않으면 안 되는 건가요?"

둘이서, 웃었다.

"조금, 쉬지 않으렴?"
하고 어머니는 여전히 웃으시며,

"오늘은 잠깐 가즈코와 상의할 일이 있어."

"뭐? 죽는 얘기 같은 건 싫은데요."

나는 어머니의 뒤를 따라가서, 등나무 시렁 아래의 벤치에 나란히 앉았다. 등나무꽃은 벌써 지고, 부드러운 오후의 햇살이 그 잎을 통해 우리의 무릎 위로 떨어져 우리의 무릎을 초록으로 물들였다.

"전에부터 들어주었으면 하는 일이었다만, 서로 기분이 좋을 때 이야기해야겠다고 생각해서 오늘까지 기회를 기다리고 있었어. 어차피 좋은 얘기는 아니니까. 하지만 오늘은 왠지 나도 술술 얘기할 수 있을 것 같은 기분이 드니, 어쨌든 너도 참고 끝까지 들어주렴. 사실은 말이지 나오지는 살아 있단다."

나는 몸이 굳었다.

"5~6일 전에, 와다 외삼촌으로부터 편지가 있어서 말이지, 외삼촌의 회사에서 예전에 일을 했던 분이 얼마 전에 남방에서 귀환해, 외삼촌께 인사를 와서 그때 이런저런 얘기 끝에 그분이 우연히도 나오지와 같은 부대로, 그리고 나오지는 무사해서 조만간 귀환할 것이라는 사실을 알게 되었어. 그런데 말이지 한 가지 좋지 않은 일이 있단다. 그분의 이야기에 의하면, 나오지는 상당히 심한 아편중독에 빠진 듯하다는……."

"또!"

나는 쓴 것을 먹은 사람처럼 입을 일그러뜨렸다. 나오지는 고등학교 무렵에 한 소설가의 흉내를 내다 마약중독에 걸려 그 때문에 약국에 어마어마한 금액의 빚을 져서 어머니는 그 빚을 약국에 전부 갚는 데 2년이나 걸렸었다.

"그래. 또 시작한 모양이야. 하지만 그게 낫기 전까지는 귀환도 허락되지 않을 테니, 틀림없이 나아서 올 것이라고 그분도 말씀하셨다고 하더구나. 외삼촌의 편지에는 고쳐서 돌아온다 할지라도 그런 마음가짐을 가진 사람이어서는 바로 어딘가에서 일을 하게 할 수는 없다, 지금의 이 혼란스러운 도쿄에서 일을 하기란 제정신인 인간조차 조금 미친 듯한 기분이 된다, 중독이 이제 막 나은 귀환자라면 바로 발광 기미를 보여 무슨 짓을 할지 알 수 없다, 그러니 나오지가 돌아오면 곧장 여기 이즈의 산장에서 맡아 어디에도 내보내지 말고 당분간은 여기서 정양시키는 편이 좋겠다, 그것이 하나. 그리고 말이다, 가즈코, 외삼촌이 한 가지 더 말한 것이 있어. 외삼촌의 말로는, 이제 우리들의 돈이 아무것도 남지 않게 되었다는구나. 저금의 봉쇄[17]네, 재산세네, 더는 외삼촌도 지금까지처럼 우리에게 돈을 보내주기 힘들어졌다는구나. 그래서 말이다, 나오지가 돌아와서 엄마와 나오지와 가즈코 셋이서 놀며 생활해서는 외삼촌도 그 생활비를 마련하시기에 커다란 고생을 하지 않으면 안 되니 지금 가즈코가 시집갈 곳을 찾든가, 혹은 일할 집을 찾든가 어느 쪽이든 하라고, 그렇게 말했어."

"일할 집이라니, 하녀를 말하는 거예요?"

"아니, 외삼촌은, 그러니까, 저기, 고마바의."

17 1946년 2월 17일 금융긴급조치령에 의해 예금이 봉쇄되어, 일정 범위 내에서만 현금과 봉쇄 지불을 인정했다.

하고 한 황족의 이름을 댄 다음,

"그 황족이라면 우리와도 혈연이 있으니 공주님의 가정교사를 겸해서 일을 하러 들어가면, 가즈코가 그렇게 외롭고 불편하지는 않을 거라고 말씀하셨단다."

"그 외에는 일을 할 곳이 없을까?"

"다른 직업은 가즈코가 도저히 감당할 수 없을 거라고 말씀하셨어."

"왜 감당할 수 없지? 응? 왜 감당할 수 없어?"

어머니는 쓸쓸하게 미소만 지으실 뿐, 아무런 대답도 하지 않으셨다.

"싫어요! 그런 얘기 따위!"

스스로도 터무니없는 소리를 했다고 생각했다. 그러나 멈추지 않았다.

"내가 이런 작업화를, 이런 작업화를."

하고 말했더니, 눈물이 나와 나도 모르게 엉엉 울기 시작했다. 얼굴을 들고 눈물을 손등으로 닦으며 어머니를 향해 안 돼, 안 돼, 라고 생각하면서도 말이 무의식처럼, 몸과는 전혀 관계없이 차례차례로 연달아 나왔다.

"언젠가, 말했잖아요. 가즈코가 있기에, 가즈코가 있어주기에 어머니는 이즈로 가는 거야, 라고 말했잖아요. 가즈코가 없으면, 죽어버리겠다고 말했잖아요. 그래서, 그렇게 말해서 어디에도 가지 않고, 어머니 곁에 머물며,

이렇게 작업화를 신고, 어머니께 맛있는 채소를 먹이고 싶다고, 그것만 생각하고 있었는데, 나오지가 돌아온다는 말을 들으시니까 갑자기 나를 애물단지로 취급하며 공주님의 하녀로 가라니, 너무하네요, 너무해요."

스스로도 심한 말을 한다 생각하면서도 말이 또 다른 생물처럼, 아무래도 멈추지 않았다.

"가난뱅이가 돼서 돈이 떨어지면 우리들 옷을 팔면 되잖아요. 이 집도 팔아치워요. 나는 무슨 일이든 할 자신이 있어요. 이 마을 관공서의 여사무원이든 무엇이든 될 수 있어. 관공서에서 써주지 않으면, 어기영차라도 될 거야. 가난 같은 건 아무것도 아니야. 어머니만, 나를 사랑해주면, 나는 평생 어머니 곁에 있겠다고만 생각했는데, 어머니는 나보다 나오지가 더 사랑스러운 거죠? 집에서 나가겠어. 나가겠어요. 어차피 나는 나오지와는 옛날부터 성격이 맞지 않았으니, 셋이서 함께 살면 서로가 불행해. 나는 지금까지 오래도록 어머니와 둘이서 살았으니 이제 여한도 없어요. 앞으로는 나오지가 어머니와 누구의 방해도 받지 않고 둘이서 살면서 척척 효도를 하면 되겠네요. 나는 이제 지긋지긋해졌어. 지금까지의 생활이 지긋지긋해요. 나갈 거예요. 오늘 지금부터, 당장 나가겠어. 내게는 갈 데가 있어요."

나는 일어섰다.

"가즈코!"

어머니는 매섭게 말하고, 전에는 내게 보여준 적이 없었을 만큼 위엄에 가득 찬 표정으로 벌떡 일어나서 나와 마주 보았는데, 그런데 나보다도 조금 클 정도로 보였다. 나는, 미안해, 라고 바로 말하고 싶었으나 그것은 입에서 도저히 나오지 않고 오히려 다른 말이 나와버렸다.

"속았어요. 어머니는 나를 속인 거예요. 나오지가 올 때까지 나를 이용하고 있었던 거라고요. 나는 어머니의 몸종. 볼일 다 봤으니 이제 황족의 집으로 가라는 거지."

엉엉 소리가 나와서 나는 선 채로 있는 힘껏 울었다.

"너는 바보로구나."

라고 낮게 말씀하신 어머니의 목소리는 노여움으로 떨고 있었다.

나는 얼굴을 들고,

"맞아, 나는 바보예요. 바보라서 속은 것일 테죠. 바보라서 애물단지가 된 거겠죠. 없는 편이 좋지요? 가난이 뭔데요? 돈이 뭔데요? 난 모르겠어요. 애정을, 어머니의 애정을, 그것만을 믿고 나는 살아왔는데."

라고 바보 같은, 터무니없는 말을 했다.

어머니는 휙 얼굴을 돌리셨다. 울고 계신 것이다. 나는 미안해, 라고 말하고 어머니에게 안기고 싶다고 생각했지만, 밭일로 손이 더러워져 있는 것이 살짝 마음에 걸

려 이상하게 그럴 마음이 들지 않아,

"나만 없으면 되잖아요? 나가겠어. 갈 데가 있어요."

라고 내뱉듯이 말하고 그대로 잔걸음으로 달려 목욕탕으로 가서 흐느껴 울며 얼굴과 손발을 씻고, 다시 방으로 가서 양장으로 갈아입는 동안 엉엉 커다란 소리가 나와 쓰러져 울며, 있는 힘껏 더욱 더욱 울고 싶어졌기에 2층의 서양식 방으로 달려 올라가 침대에 몸을 던지고 이불을 머리까지 뒤집어쓰고 눈물이 마를 정도로 심하게 울었는데, 그러는 동안 정신이 아득해지는 것 같아지더니 점점 어떤 사람이 그립고 그리워서, 얼굴을 보고 목소리를 듣고 싶어서 견딜 수 없어져, 양쪽 발바닥에 뜨거운 뜸을 올려놓고 가만히 참고 있는 듯한 기묘한 기분이 되어 갔다.

저물녘쯤, 어머니가 조용히 2층의 서양식 방으로 들어와 딸깍 전등에 불을 켜고 침대 쪽으로 다가오시더니,

"가즈코."

라고 아주 부드럽게 부르셨다.

"네."

나는 일어나 침대 위에 앉아 두 손으로 머리카락을 쓸어 올리고, 어머니의 얼굴을 보며 후후 하고 웃었다.

어머니도 희미하게 웃은 다음 창 아래의 소파에 몸을 깊이 묻고,

"태어나서 처음으로 와다 외삼촌에게 반대했어. …… 엄마는 말이지, 지금 외삼촌에게 답장을 썼어. 우리 아이들 일은 내게 맡겨두렴, 이라고 썼어. 가즈코, 옷을 팔자. 두 사람의 옷을 척척 내다팔아서 마음껏 낭비를 하며 사치스러운 생활을 하자꾸나. 나는 더는 너에게 밭일 같은 거 시키고 싶지 않다. 비싼 채소를 산들, 상관없지 않니? 그렇게 매일 밭일을 하는 건 네게는 힘든 일이야."

사실은 나도 매일 계속되는 밭일이 조금 힘들어져가고 있었다. 조금 전에 그렇게 미친 듯이 울어댔던 것도, 밭일 때문에 쌓인 피로와 슬픔이 한데 뒤섞여, 모든 것이 원망스럽고 지긋지긋했기 때문이다.

나는 침대 위에서 고개를 숙이고 말없이 있었다.

"가즈코."

"네."

"갈 데가 있다는 건, 어디를 말하니?"

나는 자신이, 목덜미까지 빨개진 것을 의식했다.

"호소다 님?"

나는 말없이 있었다.

어머니는 깊은 한숨을 내쉬시고,

"옛날 얘기를 해도 괜찮겠니?"

"네."

라고 나는 작은 목소리로 대답했다.

"네가 야마기 님의 집에서 나와, 니시카타마치의 집으로 돌아왔을 때, 엄마는 아무것도 너를 타박하는 듯한 말은 하지 않았다고 생각한다만, 그래도 딱 한마디, '어머니는 네게 배신당했구나.'라고 말했었지? 기억하고 있니? 그랬더니 너는 울음을 터뜨렸고…… 나도 배신했다는 둥 심한 말을 하고 나서 깨달았다고 생각했다만……."

하지만 나는 그때, 어머니에게서 그런 말을 듣자 왠지 고마워서 기쁨의 눈물을 흘린 것이었다.

"엄마가 말이다, 그때 배신당했다고 말한 건 네가 야마기 님의 집에서 나온 것을 두고 한 말이 아니었어. 야마기 님에게서 가즈코는 사실 호소다와 사랑하는 사이였습니다, 라는 말을 들었을 때였어. 그 말을 들었을 때는 정말로 나는 얼굴색이 변하는 것 같았어. 그렇지 않겠니, 호소다 님에게는 훨씬 전부터 부인도 아이도 있어서 네가 아무리 그리워해도 어떻게 해볼 수도 없고……."

"사랑하는 사이라니, 그렇게 심한 말을. 야마기 님께서 단지 그렇게 나쁜 쪽으로 생각하셨던 것뿐이에요."

"그럴까? 너는 설마 그 호소다 님을, 아직도 마음에 품고 있는 것은 아니겠지? 갈 데라니, 어디?"

"호소다 님의 집 같은 데 아니에요."

"그래? 그럼, 어디인데?"

"어머니, 얼마 전에 생각한 건데요, 인간이 다른 동물과 전혀 다른 점은 무엇일까? 말도 지혜도 사고도 사회의 질서도, 각각 정도에 차이는 있지만, 다른 동물들도 모두 가지고 있잖아요? 신앙도 가지고 있을지 몰라요. 사람은 만물의 영장이라며 거들먹거리고 있지만, 다른 동물과 본질적으로는 조금도 다르지 않은 듯 하잖아요? 그런데 말이죠, 어머니, 딱 하나 있었어요. 모르시겠죠? 다른 생물에게는 절대로 없지만 인간에게만은 있는 것. 그건 말이지, 비밀이라는 거예요. 어때요?"

어머니는 살짝 얼굴을 붉히고 아름답게 웃으시며,

"아아, 가즈코의 그 비밀이 좋은 열매를 맺었으면 좋겠는데. 어머니는 매일 아침, 아버지께 가즈코를 행복하게 해달라고 빌고 있단다."

내 가슴속에 문득, 아버지와 나스노[18]를 드라이브하다 도중에 내렸을 때, 그때의 가을 들판 풍경이 떠올랐다. 싸리, 패랭이, 용담, 마타리꽃 등의 가을 화초가 피어 있었다. 개머루 열매는 아직 파랬다.

그다음, 아버지와 비와호[19]에서 모터보트를 타다 내가 물에 뛰어들었는데 물풀에 사는 작은 물고기가 내 다리에 닿고 호수 바닥에 내 다리 그림자가 선명하게 드리

18 도치기현의 나스 지역에 있는 복합선상지. 나스노가하라(那須野が原).
19 시가현에 있는 호수로 일본에서 가장 크다.

워져 있고, 그렇게 움직이고 있는 모습이 앞뒤 순서와 아무런 관련도 없이 불쑥 가슴에 떠올랐다가 사라졌다.

"어머니, 아까는 미안했어요."

라고 말할 수 있었다.

생각해보니 그날쯤 정도가 우리들 행복의 마지막 남은 불꽃이 반짝이던 무렵으로, 그 뒤부터 나오지가 남방에서 돌아오자 우리의 진짜 지옥이 시작되었다.

3

아무래도 더는 도저히 살아 있을 수 없을 듯한 두려움. 이것이 그 불안이라고 하는 감정일까. 가슴에 괴로운 물결이 밀려와, 그것은 마치 저녁의 소나기가 그친 뒤의 하늘을 어수선하게 하얀 구름이 차례차례로 달리고 달려 지나가는 것처럼, 내 심장을 단단히 조이기도 하고 풀기도 하고, 내 맥박은 결체(結滯)[20]되고, 호흡이 엷어지고, 눈앞이 가물가물 어두워지고, 전신의 힘이 손가락 끝으로 슥 빠져나가버리는 듯한 기분이 들어 뜨개질을 계속할 수가 없게 되었다.

요즘은 비가 음울하게 계속 내려 무엇을 하기에도 귀찮아서, 오늘은 방의 툇마루로 등나무의자를 꺼내놓고 올 봄에 한번 뜨기 시작했다가 그대로 내버려두었던 스

20 맥박이 불규칙하거나 가끔 박동을 멈추는 증세.

웨터를 다시 계속해서 뜰 마음이 들었다. 엷은 모란색[21]이 흐려진 느낌의 털실로, 나는 거기에 코발트블루 실을 더해 스웨터를 짤 생각이다. 그런데 그 엷은 모란색 털실은 지금으로부터 벌써 20년이나 전, 내가 아직 초등과[22]에 다니던 무렵 어머니가 떠주신 내 목도리의 털실이었다. 그 목도리의 끝이 두건이 되어 있었는데 내가 그것을 쓰고 거울을 보았더니, 작은 귀신 같았다. 게다가 색이 다른 친구들의 목도리 색과 전혀 달랐기에, 나는 너무나도 싫어서 견딜 수가 없었다. 간사이 지방의 다액납세[23] 집안의 친구가 "좋은 목도리 하고 있네."
라고 어른 같은 말투로 칭찬해주었지만, 나는 더욱 창피해져서 이후부터 더는 한 번도 그 목도리를 한 적 없이 오래도록 내버려두었던 것이다. 그것을 이번 봄 사장품 부활이라는 의미에서 풀어 내 스웨터로 만들려고 뜨개질을 시작해보았으나, 아무래도 이 흐리멍덩한 색이 마음에 들지 않아서 다시 내던져두었는데, 오늘은 너무 무료했기에 문득 꺼내서 천천히 다시 뜨기 시작해본 것이

21 보랏빛이 감도는 붉은색.
22 사립학교에서 초등학교 과정을 가리키는 경우가 많은데 여기서는 황족과 화족을 위해 생겨난 학교법인 가쿠슈인의 초등과를 의미한다.
23 구 헌법하의 귀족원령에서는 다액납세자 의원을 호선(互選)하는 자격을 가진 30세 이상의 남자를 다액납세자라고 했다.

었다. 그런데 뜨개질을 하다 보니, 나는 이 옅은 모란색 털실과 비 내리는 회색 하늘이 하나로 녹아들어, 말로 표현할 수 없을 정도로 부드럽고 은은한 색조를 빚어내고 있다는 사실을 깨달았다. 나는 몰랐던 것이다. 의복은 하늘의 색과 조화를 생각하지 않으면 안 된다는 중요한 사실을 몰랐던 것이었다. 조화란 얼마나 아름답고 멋진 것인지, 약간 놀라 멍해진 꼴이 되고 말았다. 비 내리는 회색 하늘과 옅은 모란색 털실, 그 두 가지를 조합하면 양쪽 모두가 동시에 생생하게 살아나니 신기한 일이다. 손에 들고 있는 털실이 갑자기 포근하게 따뜻하고 비 내리는 차가운 하늘도 우단처럼 부드럽게 느껴진다. 그리고 모네(Claude Monet)의 〈안개 속의 사원〉 그림이 떠올랐다. 나는 이 털실의 색으로 인해서 처음으로 '구우[24]'라는 것을 알게 된 듯한 느낌이 들었다. 좋은 취향. 어머니는 눈 내리는 겨울 하늘에 이 옅은 모란색이 얼마나 아름답게 조화를 이루는지 잘 알고 계셨기에 일부러 골라주셨는데, 나는 멍청해서 싫어했고, 그래도 그것을 어린아이인 내게 강요하려 하지 않고 내 마음대로 하게 내버려두셨던 어머니. 내가 이 색의 아름다움을 진짜로 알게 되기

24 goût. '좋은 취향'이라는 뜻의 프랑스어.

까지 20년이나 이 색에 대해서 한마디도 설명하시지 않고 말없이, 모르는 척하고 기다리셨던 어머니. 뼈저리게, 좋은 어머니라고 생각함과 동시에 이렇게 좋은 어머니를, 나와 나오지 두 사람이서 괴롭히고 난처하게 하고 나약하게 해서 당장이라도 목숨을 빼앗아버리는 것이 아닐까, 퍼뜩 견딜 수 없는 공포와 걱정의 구름이 가슴에 솟아올라, 이런저런 생각을 하면 할수록 앞길에서 아주 끔찍하고 나쁜 일만 예상되어, 더는 도저히 살아 있을 수 없을 정도로 불안해지고 손가락 끝의 힘도 빠져 뜨개질 바늘을 무릎에 놓고 커다란 한숨을 쉬며 얼굴을 위로 들고 눈을 감은 채,

"어머니."

라고 나도 모르게 말했다.

어머니는 방의 구석에 있는 책상에 기대앉아서 책을 읽고 읽다가,

"응?"

하고 의아하다는 투로 대답을 하셨다.

나는 당황스러웠고 그래서 일부러 커다란 목소리로,

"드디어 장미가 피었던데. 어머니, 알고 계셨어요? 나는 지금 알았어요. 드디어 피었네."

방 툇마루 바로 앞의 장미. 그건 와다 외삼촌이 예전에 프랑스였는지 영국이었는지 잠깐 잊어버렸지만, 어

쨌든 멀리서 가지고 돌아오신 장미로, 이삼 개월 전에 외삼촌이 이 산장의 정원으로 옮겨 심은 장미다. 오늘 아침 그것이 드디어 한 송이 핀 것을 나는 이미 알고 있었지만 부끄러움을 감추기 위해, 지금 막 본 것처럼 과장스럽게 떠들어 보인 것이다. 꽃은 짙은 보라색으로 늠름한 자부심과 강인함이 있었다.

"알고 있었다."

라고 어머니는 조용히 말씀하시고,

"네게는 그런 일이 아주 중대한 모양이구나."

"그럴지도 모르겠어. 딱하게 보이나요?"

"아니, 네게는 그런 점이 있다고 말한 것뿐이야. 부엌의 성냥통에 르나르의 그림을 붙이기도 하고, 인형의 손수건을 만들어보기도 하고, 그런 것을 좋아하더구나. 거기다 정원의 장미도, 네 말을 듣고 있으면 살아 있는 사람에 대해서 이야기하고 있는 것 같아."

"아이가 없어서 그래요."

스스로도 전혀 생각지 못했던 말이 입에서 나왔다. 말해버리고 나서 퍼뜩 놀라 멋쩍은 생각에 무릎 위의 뜨개질감을 만지작거리고 있었더니,

'스물아홉 살이니까.'

이렇게 말하는 남자의 목소리가, 전화로 듣는 것처럼 간질이는 듯한 저음으로 뚜렷하게 들려온 것 같은 기분

이 들어, 나는 부끄러움에 빰이 불타오르는 것처럼 뜨거워졌다.

어머니는 아무런 말씀도 하지 않으시고 다시 책을 읽으신다. 어머니는 얼마 전부터 거즈로 만든 마스크를 쓰고 계셨는데, 그 때문인지 요즘 눈에 띄게 말이 없어졌다. 마스크는 나오지의 말에 따라서 쓰고 계신 것이다. 나오지는 열흘 정도 전에 남방의 섬에서 검푸른 얼굴이 되어 돌아왔다.

아무런 예고도 없이 여름 저물녘 뒤편의 일각문으로 정원에 들어와서는,

"와아, 대단하군. 볼썽사나운 집이야. 아예 내래헌(來來軒)[25]. 샤오마이 있습니다, 라는 푯말을 내걸지그래."

이 말은 나와 처음 얼굴을 마주했을 때, 나오지의 인사였다.

그 이삼일 전부터 어머니는 혀가 아파서 누워 계셨다. 혀끝이, 겉으로 보기에는 아무렇지도 않은데 움직이면 아파서 참을 수가 없다고 하시며 식사도 묽은 죽만 드셨고, 의사 선생님께 진찰을 받아보지? 라고 말해도 머리를 흔들며,

25 아사쿠사의 중화요리점. 서민적인 가게로 라면, 샤오마이 등을 제공했다.

"웃음거리가 될 거야."

라고 쓴웃음을 지으며 말씀하실 뿐이었다. 루골[26]을 발라 드렸지만 조금도 효과가 없는 듯하여 나는 묘하게 조마조마해져 있었다.

그때, 나오지가 귀환한 것이었다.

나오지는 어머니의 머리맡에 앉아, 다녀왔습니다, 라고 인사를 하고 바로 자리에서 일어나 좁은 집 안을 여기저기 돌아보았는데, 내가 그 뒤를 따라다니며,

"어때? 어머니는, 변했어?"

"변했어, 변했어. 말라버렸어. 빨리 죽는 게 좋아. 이런 세상에서 엄마는 도저히 살아갈 수가 없어. 너무 비참해서 봐줄 수가 없어."

"나는?"

"천박해졌어. 남자가 두어 명이나 있는 것 같은 얼굴을 하고 있어. 술은? 오늘 밤에는 마셔야겠어."

나는 이 마을에 딱 한 채 있는 여관으로 가서 여주인인 오사키 씨에게 동생이 귀환했으니 술을 조금 나누어 주세요, 라고 부탁해봤지만 오사키 씨는, 안 됐지만 술은 지금 떨어졌습니다, 라고 말하기에 돌아와서 나오지에

26 루골액. 피부병 등에 외용되는 적갈색 액체. 지금의 아이오딘 용액.

게 그렇게 전했더니 나오지는 본 적도 없는 타인과 같은 표정의 얼굴이 되어, 쳇, 부탁하는 방법이 서툴러서 그런 거야, 라고 말하고 내게 여관이 있는 장소를 물어 나막신을 걸치고 밖으로 달려 나가더니 이후로 아무리 기다려도 집에 오지 않았다. 나는 나오지가 좋아하던 사과구이[27]와 계란 요리 등을 준비하고 식당의 전구도 밝은 것으로 바꾸고 꽤 오래 기다렸는데 얼마 후, 오사키 씨가 부엌의 뒷문으로 불쑥 얼굴을 내밀더니,

"저기요. 괜찮을까요. 소주를 드시고 계신데요."

라고, 예의 잉어처럼 동그란 눈을 더욱 크게 부릅뜨고 아주 중요한 일인 것처럼 낮은 목소리로 말했다.

"소주라면? 그, 메틸 말인가요?[28]"

"아니요, 메틸은 아니지만."

"마셔도 병에 걸리지는 않는 거죠?"

"네, 하지만……."

"마시게 놔두세요."

오사키 씨는 침을 꿀꺽 삼키듯 고개를 끄덕이고 돌아갔다.

27 사과의 속을 파내고 버터, 설탕, 향료 등을 넣어 오븐에 구운 과자.

28 메틸알코올. 독성이 있다. 패전 후, 술 대신 이것을 마시다가 그 독성 때문에 죽거나 실명하는 사람이 속출했다.

내가 어머니 계신 곳으로 가서,

"오사키 씨네서 마시고 있대."

라고 말씀드렸더니 어머니는 입을 조금 일그러뜨리며 웃으시곤,

"그래. 아편은 끊은 걸까? 너라도 밥을 먹어라. 그리고 오늘 밤에는 셋이 이 방에서 자자꾸나. 나오지의 이불을 가운데에 깔고."

나는 울고 싶은 기분이 들었다.

밤이 깊어 나오지는 어지러운 발소리를 내며 돌아왔다. 우리는 방에서 세 사람이 하나의 모기장에 들어가 누웠다.

"남방의 이야기를 어머니께 들려드리는 게 어때?"

라고 내가 누워서 말하자,

"아무것도 없어. 아무것도 없어. 잊어버렸어. 일본에 와서 기차를 타고, 기차의 창으로 논이 굉장히 아름답게 보였어. 그것뿐이야. 전등을 꺼. 잠을 잘 수가 없잖아."

나는 전등을 껐다. 여름의 달빛이 홍수처럼 모기장 안으로 넘쳐흘렀다.

다음 날 아침, 나오지는 이부자리에 엎드려 담배를 피우며 멀리 바다를 바라보고,

"혀가 아프시다며?"

라며 처음으로 어머니의 몸이 좋지 않다는 사실을 깨달

은 것 같은 투로 말했다.

어머니는 그저 희미하게 웃으셨다.

"그건 틀림없이 심리적인 걸 거야. 밤에 입을 벌리고 주무시지? 야물지 못하게. 마스크를 써. 거즈에 리바놀액[29]이라도 적셔서, 그걸 마스크 속에 넣어두면 돼."

나는 그 말을 듣고 웃음이 터져,

"그건 무슨 요법이지?"

"미학요법[30]이라는 거야."

"하지만 어머니는 마스크 같은 거 분명 싫어하실걸."

어머니는 마스크뿐만 아니라 안대도, 안경도, 얼굴에 그런 것을 쓰는 것을 매우 싫어했던 것이다.

"저기, 어머니. 마스크 쓰실래요?"

라고 내가 물었더니,

"쓸게."

라고 진지하게 낮은 목소리로 대답하셨기에, 나는 깜짝 놀랐다. 나오지의 말이라면 무엇이든 믿고 따르실 마음으로 계신 듯했다.

내가 아침식사 후에 조금 전 나오지가 말했던 대로 거즈에 리바놀액을 묻혀 마스크를 만들어서 어머니께

29 살균제로서 표준명은 아크리놀이다. 리바놀은 독일 바이엘사의 상품명.

30 아름다움을 기본으로 한 요법이라는 농담.

가져갔더니, 어머니는 말없이 받으시고 누워 마스크의 끈을 양쪽 귀에 순순히 거셨는데, 그 모습이 정말로 어린 여자아이 같아서 내게는 슬프게 보였다.

정오가 지나 나오지는 도쿄의 친구와 문학 쪽의 스승님 등을 만나야 한다며 양복으로 갈아입고, 어머니에게서 2천 엔을 받아 도쿄로 가버렸다. 그로부터 벌써 열흘 가까이나 지났지만 나오지는 돌아오지 않았다. 그리고 어머니는 매일 마스크를 쓰고 나오지를 기다리신다.

"리바놀은 좋은 약이로구나. 이 마스크를 쓰고 있으면, 혀의 통증이 사라져버려."

라고 웃으며 말씀하는 어머니가 거짓말을 하고 계신 듯 여겨져 견딜 수가 없었다. 이제는 괜찮다고 말하며, 지금은 일어나 계시지만, 식욕은 역시 그다지 없고 말수도 현저하게 줄었고, 나는 영 마음에 걸려서 나오지는 정말 도쿄에서 무엇을 하고 있는 걸까, 그 소설가 우에하라 씨하고 같이 도쿄 안을 흥청망청 돌아다니며 도쿄의 광기어린 소용돌이에 휩싸여 있는 것이 틀림없어, 라고 생각하면 생각할수록 괴롭고 힘들어져서, 어머니에게 갑자기 장미에 대해서 보고하고 또, 아이가 없기 때문이야, 라고 나조차 생각지도 못했던 이상한 말을 해버리고, 더욱 안 좋아질 뿐이어서,

"아."

라고 말하며 자리에서 일어나, 그러나 어디에도 갈 곳이 없었기에 몸 하나를 어찌할 바 몰라, 비틀비틀 계단을 올라 2층의 서양식 방으로 들어가 보았다.

여기는 이번에 나오지의 방이 될 예정으로, 4~5일 전에 내가 어머니와 상의한 뒤 아랫집 농가의 나카이 씨에게 도움을 청해 나오지의 옷장과 책상과 책장, 그리고 장서와 노트 등이 가득 담겨 있는 나무상자 5~6개, 어쨌든 예전 니시카타마치 집의 나오지 방에 있던 것 전부를 여기로 옮겨, 곧 나오지가 도쿄에서 돌아오면 나오지가 좋아하는 위치에 옷장과 책장 등 각각 자리를 잡기로 하고 그 전까지는 그냥 어지럽게 여기에 놓아두는 편이 좋을 듯 여겨졌기에, 더는 발 디딜 틈도 없을 정도로 방 가득 어질러놓은 상태였는데, 나는 별 생각 없이 발아래에 있는 나무상자에서, 나오지의 노트를 한 권 집어 들어 보았더니 그 노트의 표지에는,

박꽃일지

라고 적혀 있고, 그 안에는 다음과 같은 내용이 어지럽게 가득 적혀 있었다. 나오지가 그, 마약중독으로 괴로워하던 무렵의 수기인 듯했다.

타 죽을 것 같은 기분. 괴로워도 괴롭다고 일언 반구 외치지 못하고, 예로부터, 미증유, 인간의 세상 시작된

이래, 전례도 없고, 바닥을 알 수 없는 지옥의 기운을, 속이지 마십시오.

사상? 거짓이다. 주의? 거짓이다. 이상? 거짓이다. 질서? 거짓이다. 성실? 진리? 순수? 전부 거짓이다. 우시지마의 등나무[31]는 수령 천 년, 유야의 등나무[32]는 수백 년이라 일컬어지며, 그 꽃송이 따위도 앞의 것은 가장 긴 것이 9자[33], 뒤의 것은 5자[34]가 넘는다고 들었는데 오로지 그 꽃송이에만, 마음이 춤춘다.

그것도 사람의 아들. 살아 있다.

논리는 이른바 논리에 대한 사랑이다. 살아 있는 인간에 대한 사랑이 아니다.

돈과 여자. 논리는 수줍어서 황망히 걸어 떠난다.

역사, 철학, 교육, 종교, 법률, 정치, 경제, 사회, 그런 학문 따위보다, 한 처녀의 미소가 존귀하다고 말한 파우스트 박사의 용감한 실증.

학문이란 허영의 별명이다. 인간이 인간 아닌 것이 되기 위한 노력이다.

31 사이타마현의 우시지마에 있는 천연기념물.
32 시즈오카현의 교코지(行興寺)에 있는 천연기념물.
33 약 2.73m. 1자는 약 30㎝.
34 약 1.52m.

괴테에게조차 맹세할 수 있다. 나는 얼마든지 잘 쓸 수 있습니다. 한 편의 구성 과오를 범하지 않고 적당한 골계, 독자의 눈 속을 불태우는 비애, 혹은 숙연, 이른바 옷깃을 여미게 하는 완벽한 소설, 낭랑하게 음독하면, 이는 곧 스크린의 설명인가, 창피해서 쓸 수 있겠느냐 말이다. 애초부터 그런 걸작의식이 치사스럽다는 것이다. 소설을 읽고 옷깃을 여미다니, 미친 자의 소행이다. 그렇다면 차라리 정식예장을 입고 하지 않으면 안 되리[35]. 좋은 작품일수록, 점잖은 척하지 않는 것처럼 보이는 법인데 말이지. 나는 친구의 진심으로 즐거워하는 듯한 웃음을 보고 싶었기에, 한 편의 소설, 일부러 실수를 해서, 엉터리로 써서 엉덩방아를 찧고 머리를 긁적이며 꽁무니를 뺀다. 아아, 그때 친구의 기쁘다는 듯한 얼굴이라니!

글도 모자라고, 사람도 모자란 풍경, 장난감 나팔을 불며 듣기를 청해, 여기에 일본 제일의 바보가 있습니다, 당신은 그나마 나은 편입니다, 건재하시라! 라고 바라는 애정은, 이건 대체 뭘까요.

친구, 자랑스럽다는 듯한 얼굴로, 그것이 녀석의 나쁜 버릇, 안타깝다고 술회. 사랑받고 있다는 사실을 알지

35 춘가(春歌)의 한 구절.

못하신다.

불량하지 않은 인간이 있을까?

시시한 생각.

돈이 필요하다.

아니면,

잠이 든 채로 자연사!

약국에 1천 엔 가까운 빚 있음. 오늘, 전당포의 지배인을 몰래 집에 데려와서 내 방으로 들여, 뭔가 이 방에 값나가는 물건 있는가, 있으면 가져가게, 화급하게 돈이 필요하네, 라고 말했으나, 지배인은 방 안을 제대로 보지도 않고, 그만두십쇼, 당신의 물건도 아니면서, 라고 지껄였다. 알겠네, 그렇다면, 내가 지금까지 내 용돈으로 산 물건만 가져가게, 라고 기세 좋게 말하고 긁어모은 잡동사니, 전당 잡힐 자격 있는 물건 하나도 없음.

우선, 한쪽 손의 석고상. 이건 비너스의 오른손. 다이아몬드 꽃과도 같은 한쪽 손, 새하얀 한쪽 손, 그것이 단지 대 위에 놓여 있다. 하지만 이것을 잘 보면 이건 비너스가 그 알몸을 남자의 눈에 띄어 화들짝 놀람, 부끄러움의 회오리바람, 알몸의 무참함, 옅은 주홍빛, 남은 구석 없이 불붙는 것 같은 수치, 몸을 비틀며 그 손짓, 그와 같은 비너스의 숨조차 멎을 정도의 알몸의 부끄러움이, 손가락 끝에 지문도 없는, 손바닥에 한 줄기 손금도 없는 순백의 이 화사한 오른손 덕분에, 보는 사람의 가슴도 괴로워질 정도로 가엾게 표현되어 있다는 사실을 알 수 있을 것이다. 하지만 이건 어차피 비실용적인 잡동사니. 지배인은 50센[36]이라고 감정함.

그 외에, 파리 근교의 커다란 지도, 직경 1자에 가까운 셀룰로이드 팽이, 실보다 가는 글자를 쓸 수 있는 특제 펜촉, 전부 횡재한 심정으로 산 물건들뿐이나, 지배인은 웃으며, 그만 물러나겠습니다, 라고 말한다. 잠깐, 이라고 제지하고, 결국 다시 책을 산더미처럼 지배인에게 짊어지게 해서 5엔을 손에 쥐었다. 내 책장의 책은 대부분 싸구려 문고판뿐이고 게다가 헌책방에서 들여온 것이기에, 전당의 가격도 자연히 이처럼 헐하다.

일천 엔의 빚을 해결하려 했으나, 5엔. 세상에서의 나의 실력, 무릇 이와 같음. 웃기지도 않는다.

데카당(décadent)[37]? 하지만 이렇게라도 하지 않으면 살아갈 수가 없다고. 그런 말로 나를 비난하는 사람보다는, 뒈져라! 라고 말해주는 사람이 더 고맙다. 속 시원

36 화폐 단위로 1엔의 100분의 1.

37 프랑스어. 퇴폐적, 허무적, 찰나적인 감정에 몸을 맡기는 생활.

하다. 하지만 사람은 좀처럼, 뒈져라! 라고는 말하지 않는 법이다. 쩨쩨하고 소심한 위선자들이여.

정의? 이른바 계급투쟁의 본질은 그런 데 있지 않다. 인도? 같잖은 소리. 나는 알고 있어. 자신들의 행복을 위해서 상대방을 쓰러뜨리는 거야. 죽이는 거야. 뒈져라! 라는 선고가 아니라면, 뭐지? 속여서는 안 돼.

하지만 우리들의 계급에도, 변변한 녀석은 없어. 백치, 유령, 수전노, 광견, 허풍선이, 사옵니다, 구름 위에서 소변.

뒈져라! 라는 말을 주는 것조차, 아깝다.

전쟁. 일본의 전쟁은 최후의 발악이다.

최후의 발악에 휘둘려 죽기는 싫다. 차라리 혼자서 죽고 싶어.

인간은 거짓말을 할 때는, 진지한 얼굴을 하는 법이다. 요즘의 지도자들의, 그, 진지함. 풋!

남들로부터 존경받고 싶다는 생각을 하지 않는 사람들과 놀고 싶다.

하지만 그런 좋은 사람들은 나와 놀아주지 않는다.

내가 조숙함을 가장해 보였더니 사람들은 나를 조숙하다고 수군거렸다. 내가 게으름뱅이인 척해 보였더니 사람들은 나를 게으름뱅이라고 수군거렸다. 내가 소설을 쓰지 못하는 척해 보였더니 사람들은 나를 쓰지 못한다고 수군거렸다. 내가 거짓말쟁이인 척했더니 사람들은 나를 거짓말쟁이라고 수군거렸다. 내가 부자인 척했더니 사람들은 나를 부자라고 수군거렸다. 내가 냉담을 가장해 보였더니 사람들은 나를 냉담한 녀석이라고 수군거렸다. 하지만 내가 진짜로 괴로워서 나도 모르게 탄식했을 때 사람들은 나를 괴로운 척 가장하고 있다고 수군거렸다.

결국, 자살밖에 방법이 없는 것 아닐까.

이렇게 괴로워해도 그저, 자살로 끝날 뿐이다, 라는 생각이 들자, 소리 내어 울고 말았다.

봄날 아침, 두어 송이 꽃이 벌어진 매화 가지에 아침 해가 비추고 그 가지에 하이델베르크[38]의 젊은 학생이 기다랗게 목을 매어 죽어 있었다고 한다.

38 독일의 도시. 다자이 오사무의 『늙은 하이델베르크』라는 작품이 있다. 하이델베르크는 청춘을 상징한다.

"엄마! 나를 혼내주세요!"

"어떤 식으로?"

"겁쟁이! 라고."

"그래? 겁쟁이. ……이젠 됐지?"

엄마에게는 비할 데 없이 좋은 점이 있다. 엄마를 생각하면 울고 싶어진다. 엄마에게 사죄하기 위해서라도 죽어야 한다.

용서해주십시오. 지금, 한번만, 용서해주십시오.

해마다
장님인 채
두루미의 새끼
자라는 듯
가엾구나 살찌는 것도 (새해 맞아 쓴 시)

모르핀, 아트로몰, 나르코폰, 팬트폰, 파비날, 판오핀, 아트로핀

프라이드가 다 뭐냐, 프라이드가.

인간은, 아니, 남자는, '나는 뛰어나다', '나는 좋은 점이 있어.'같이 생각하지 않으면 살아갈 수 없는 법일까.

남을 미워하고, 남에게서 미움을 받는다.

지혜 겨루기.

엄숙=바보감(感)

어쨌든 말이지, 살아 있으니 말이지, 속임수를 쓰고 있음에 틀림없는 거야.

어떤, 돈을 빌려달라고 청하는 편지.

〈답장을.

답장을 주십시오.

그리고 그것이 반드시 희소식이기를.

저는 여러 가지 굴욕을 상정해놓고, 혼자서 신음하고 있습니다.

연극하는 게 아닙니다. 절대로 그렇지 않습니다.

부탁드리겠습니다.

부끄러움 때문에 죽을 것 같습니다.

과장이 아닙니다.

매일매일, 답장을 기다리며 밤이고 낮이고 부들부들 떨고 있습니다.

제게 굴욕감을 맛보게 하지 마시기를.

벽에서 낮은 웃음소리가 들려와, 깊은 밤, 이불 속에서 전전긍긍하고 있습니다.

제게 부끄러움을 느끼게 하지 마시길.

누님!〉

여기까지 읽은 나는 그 '박꽃일지'를 덮어 나무상자에 돌려놓고, 창 쪽으로 걸어가서 창을 활짝 열어 하얀 비에 흐려진 정원을 내려다보며, 그때의 일을 생각했다.

벌써 그로부터 6년이 지났다. 나오지의 이 마약중독이 내 이혼의 원인이 되었다. 아니, 그렇게 말해서는 안 된다. 나의 이혼은, 나오지의 마약중독이 아니었어도 다른 무엇인가를 계기로 언젠가는 행해지도록, 그렇게 되도록, 내가 태어났을 때부터 정해진 일이었던 것 같다는 느낌도 든다. 나오지는 약국에 지불할 돈이 없어서, 종종 내게 돈을 달라고 졸랐다. 나는 야마기 가문으로 막 시집을 간 직후였기에, 돈을 그렇게 자유롭게 쓸 수는 없었고 또, 시집간 집안의 돈을 친정 동생에게 몰래 빌려주는 것은 매우 모양새가 좋지 않은 일이라고 생각했기에 친정에서 나를 따라 시댁으로 같이 온 할멈인 오세키와 상의해서 내 팔찌나, 목걸이, 드레스를 팔았다. 동생은 내게, 돈을 주세요, 라는 편지를 보내고, 이어, 지금은 괴롭고 부끄러워서 누님과 얼굴을 마주하는 것도 전화로 이야기를 나누는 것조차 도저히 그럴 수 없으니, 돈은 오세키에게 말해서, 교바시의 ×거리 ×번가 가야노 아파트에서 살고 있는, 누님도 이름만은 알고 계실, 소설가 우에하라 지로 씨의 집에 보내두도록 우에하라 씨는 악덕한 사람인 듯 세상에서 평해지고 있지만 결코 그런 사람이 아니니, 안심하고 돈을 우에하라 씨 댁으로 보내주시기 바랍니다. 그러면 우에하라 씨가 바로 제게 전화로 알려주게 되어 있으니, 꼭 그렇게 해주시기 부탁합니다. 저는 이번의 중독을, 엄마에게만은 비밀로 하고 싶습니다. 엄마가 알기 전에, 어떻게든 해서 이 중독을 고칠 생각입니다. 저는 이번에 누님에게서 돈을 받으면 그것으로 약국의 외상값을 전부 갚고, 그런 다음 시오하라의 별장에라도 가서, 건강한 몸이 되어 돌아올 생각입니다. 정말입니다. 약국의 외상값을 전부 갚고 나면 이제 저는 그날부터 마약 쓰는 것을 딱 끊을 생각입니다. 신께 맹세합니다. 믿어주십시오. 엄마에게는 비밀로, 오세키를 보내서 가야노 아파트의 우에하라 씨에게, 부탁드립니다, 라는 내용이 그 편지에 적혀 있어서 나는 시키는 대로 오세키에게 돈을 들려 몰래 우에하라 씨의 아파트로 보냈지만, 동생의 편지 속 맹세는 언제나 거짓말로 시오하라의 별장에도 가지 않고, 약물중독은 더욱 심해질 뿐인 듯했지만 돈을 달라고 조르는 편지의 글도, 비명에 가까운 고통의 말투로,

이번에야말로 약을 끊겠다고 얼굴을 돌리고 싶을 정도로 애절한 맹세를 하기에, 또 거짓말일지도 모른다고 생각하면서도 나도 모르게 다시 브로치 등을 오세키에게 팔게 해서 그 돈을 우에하라 씨의 아파트로 보내곤 했다.

"우에하라 씨는 어떤 분이지?"

"조그맣고 안색이 좋지 않은, 무뚝뚝한 사람입니다."
라고 오세키는 대답했다.

"하지만 아파트에 계시는 일은 거의 없습니다. 대부분, 사모님하고 예닐곱 살쯤의 여자아이, 둘만 계실 뿐입니다. 이 사모님은 그렇게 아름답지는 않지만, 다정하시고 아주 야무진 분이신 듯합니다. 그 사모님에게라면 안심하고 돈을 맡길 수 있습니다."

그 무렵의 나는 지금의 나에 비해서, 아니, 비교 같은 건 할 수도 없을 만큼 전혀 다른 사람처럼, 흐릿하고 태평한 사람이기는 했으나 그래도 과연, 연달아 계속해서 그것도 점점 많은 금액의 돈을 졸라댔기에 참을 수 없이 걱정이 되어 하루는 노(能)[39]를 보고 돌아오는 길에 자동차를 긴자에서 돌려보내고, 혼자 걸어서 교바시의 가야노 아파트를 찾아갔다.

39 노가쿠(能樂). 일본의 대표적인 가면 음악극.

우에하라 씨는 방에서 혼자 신문을 읽고 있었다. 줄무늬 겹옷에 희고 짧은 줄무늬의 감색 하오리를 입은 모습이었는데, 노인네 같은, 젊은이 같은, 지금까지 본 적도 없는 기이한 짐승 같은, 이상한 첫인상이었다.

"집사람은 지금 아이와 함께, 배급품을 받으러."

약간 코맹맹이 같은 소리로 더듬더듬 그렇게 말씀하셨다. 나를 사모님의 친구라고 착각한 모양이었다. 내가 나오지의 누나라는 사실을 말씀드렸더니 우에하라 씨는, 흥, 하고 웃었다. 나는 어째서인지 섬뜩했다.

"나갈까요."

그렇게 말하고 어느새 소매 없는 외투를 걸치고 신발장에서 새 나막신을 꺼내 신더니, 지체 없이 아파트의 복도를 앞장서서 걸었다.

밖은 초겨울의 저물녘. 바람이 차가웠다. 스미다가와에서 불어오는 강바람 같은 느낌이었다. 우에하라 씨는 그 강바람을 거스르듯, 오른쪽 어깨를 약간 올리고 쓰키지 쪽으로 말없이 걸어갔다. 나는 잰걸음으로 달리듯 그 뒤를 따라갔다.

도쿄 극장[40] 뒤편 빌딩의 지하실로 들어갔다. 대여섯

40 쓰키지에 있던 극장으로 1930년 건립. 패전 후의 유일한 가부키 극장이었다.

무리의 손님이 20첩 정도 되는 길쭉한 방에서, 각각 테이블을 둘러싸고 조용히 술을 마시고 있었다.

우에하라 씨는 컵으로 술을 마셨다. 그리고 내게도 다른 컵을 건네주고 술을 권했다. 나는 그 컵으로 두 잔 마셨지만 아무렇지도 않았다.

우에하라 씨는 술을 마시고, 담배를 피우고, 그리고 언제까지고 입을 다물고 있었다. 나도 입을 다물고 있었다. 나는 이런 곳에 온 것은 태어나서 처음이었지만, 매우 편안하고 기분이 좋았다.

"술이라도 마시면 좋을 텐데."

"네?"

"아니, 동생 분. 알코올 쪽으로 전환하면 좋을 겁니다. 저도 옛날에 마약중독에 걸린 적이 있었는데 말입니다, 그건 사람들이 기분 나빠하더군요. 알코올도 비슷한 것인데 알코올은 사람들이 의외로 허용을 해요. 동생 분을 술꾼으로 만듭시다. 괜찮겠죠?"

"저, 한 번, 술꾼을 본 적이 있었어요. 신년에 제가 외출을 하려 했는데, 저희 집 운전수의 아는 사람이, 자동차 조수석에서 도깨비처럼 새빨간 얼굴을 하고 쿨쿨 높다랗게 코를 골며 자고 있었어요. 제가 놀라서 소리를 질렀더니 운전수가, 이놈은 술꾼이라서 도저히 어떻게 해볼 수가 없습니다, 라고 말하고 자동차에서 내려서 어깨에 짊어지고 어딘가로 데려갔어요. 뼈가 없는 것처럼 축 늘어져서 그래도 뭐라고 중얼거렸는데, 저 그때, 처음으로 술꾼이라는 걸 보았는데, 재미있었어요."

"저도 술꾼입니다."

"어머, 하지만, 다르지 않나요?"

"당신도 술꾼입니다."

"그럴 리 없어요. 저는 술꾼을 본 적이 있는 걸요. 전혀 달라요."

우에하라 씨는 처음으로 즐겁다는 듯 웃으시고,

"그래서는 동생 분도 술꾼이 될 수 없을지 모르겠지만, 어쨌든 술을 마시는 사람이 되는 편이 좋습니다. 돌아갑시다. 늦으면 곤란해지시죠?"

"아니요, 상관없어요."

"아니, 사실은 제가 갑갑해서 안 되겠습니다. 아가씨! 여기 계산!"

"많이 비싼가요? 얼마쯤 저도 가지고 있습니다만."

"그래요. 그럼, 계산은 당신이."

"모자랄지도 몰라요."

나는 손가방 안을 확인하고, 돈이 얼마 있는지를 우에하라 씨에게 가르쳐주었다.

"그 정도 있으면 앞으로 두어 집은 더 갈 수 있어. 사람을 바보로 아는군."

우에하라 씨는 얼굴을 찡그리며 말하더니, 웃었다.

"어딘가로 또 마시러 가실 건가요?"

라고 물었더니, 진지하게 머리를 흔들며,

"아니, 이거면 충분합니다. 택시를 잡아줄 테니, 집에 가요."

우리는 지하실의 어두운 계단을 올라갔다. 한 걸음 앞서 올라가던 우에하라 씨가 계단의 중간쯤에서 휙 내 쪽으로 향하더니, 잽싸게 내게 키스를 했다. 나는 입술을 굳게 닫은 채 그것을 받았다.

특별히 조금도, 우에하라 씨를 좋아한 것도 아니었는데 그래도 그때부터 내게 그 '비밀'이 생겨버린 것이었다. 딸그락딸그락딸그락, 우에하라 씨는 달려서 계단을 올라갔고, 나는 이상하게 투명한 기분으로, 천천히 올라가서 밖으로 나갔더니 강바람이 뺨에 닿아서 아주 기분 좋았다.

우에하라 씨가 택시를 잡아주었고, 우리는 말없이 헤어졌다.

차 안에서 흔들리며 나는 세상이 갑자기 바다처럼 넓어진 듯한 기분이 들었다.

"제게는 사랑하는 사람이 있어요."

어느 날, 나는, 남편에게 잔소리를 듣고 외로워져서 불쑥 그렇게 말했다.

"알고 있어. 호소다지? 도저히 단념하지 못하겠나?"

나는 말없이 있었다.

그 문제가 뭔가 거북한 일이 일어날 때마다 우리 부부 사이에 끼어들게 되었다. 이제 이건 틀렸다고 나는 생각했다. 드레스의 천을 잘못 골라 재단했을 때처럼, 더는 그 천은 바느질을 하지도 못한 채 전부 버리고, 또 다른 새로운 천의 재단을 시작하지 않으면 안 된다.

"설마, 그, 배 속의 아이는."

하고 어느 날 밤, 남편이 말했을 때, 나는 너무나도 끔찍해서 부들부들 떨었다. 지금 생각해보면 나도 남편도 어렸던 것이다. 나는 사랑도 알지 못했다. 사랑조차, 알지 못했다. 나는 호소다 님이 그리는 그림에 푹 빠져서, 그런 분의 아내가 된다면 얼마나, 아아, 아름다운 일상생활을 할 수 있을까요, 그렇게 좋은 정취를 가진 분과 결혼하는 것이 아니라면 결혼 같은 건 무의미해요, 라고 나는 누구에게나 떠들어댔기에, 그 때문에 모두에게 오해를 받았고, 그래도 나는 연애도 사랑도 모른 채 아무렇지도 않게 호소다 님을 좋아한다고 공언했으며 취소하려고도 하지 않았기 때문에 이상하게 꼬여서 그 무렵 내 배 속에서 잠자고 있던 조그만 아기까지 남편의 의혹의 표적이 되었고, 누구 하나 이혼을 공공연하게 이야기한 분이 없었음에도 언제부턴가 주변이 어색해져서 나는 데리고 있던 오세키와 함께 어머니의 집으로 돌아갔고 그 후, 아기가 죽은 채 태어났고 나는 병에 걸려서 몸져누워, 이제 야마기와의 사이는 그것을 마지막으로 끊겨버리게 된 것이었다.

나오지는 내가 이혼하게 되었다는 사실에 뭔가 책임감 같은 것을 느낀 것인지, 난 죽을 거야, 라고 말하고 엉엉 소리를 올려서 얼굴이 썩어버릴 정도로 울었다. 내가 동생에게, 약국의 빚이 얼마가 되었냐고 물어보았더니, 그건 무시무시할 정도의 금액이었다. 게다가 그건 동생이 실제 금액을 말할 수가 없어서 거짓말을 한 것이라는 사실을 나중에야 알게 되었다. 나중에 판명된 실제의 총액은 그때 동생이 내게 가르쳐준 금액의 약 3배 가까이나 되었다.

"나, 우에하라 씨를 만났어. 좋은 분이잖아. 앞으로는 우에하라 씨하고 함께 술을 마시며 노는 게 어때? 술은 아주 싸잖아. 술을 마실 돈이라면 언제든 내가 줄게. 약국의 빚도 걱정하지 마. 어떻게든 될 거야."

내가 우에하라 씨를 만났고, 또 우에하라 씨를 좋은 분이라고 말한 것이 어딘가 동생을 아주 기쁘게 했는지, 동생은 그날 밤, 내게서 돈을 받아가지고 바로 우에하라 씨의 집으로 놀러 갔다.

중독은 그야말로 정신의 병인 걸지도 모른다. 내가

우에하라 씨를 칭찬하고 그런 다음 동생에게서 우에하라 씨의 저서를 빌려 읽고 난 뒤, 훌륭한 분이네, 라고 말하자 동생은, 누나 같은 사람이 알기나 하겠어, 라고 말했지만, 그래도 아주 기쁘다는 듯, 그럼 이걸 읽어봐, 라며 또 다른 우에하라 씨의 저서를 내게 읽게 했고, 그러는 동안 나도 우에하라 씨의 소설을 진지하게 읽게 되어 둘이서 우에하라 씨에 대한 이런저런 이야기를 했으며 동생은 매일 밤처럼 우에하라 씨의 집으로 한껏 거들먹거리며 놀러가서, 점점 우에하라 씨의 계획대로 알코올 쪽으로 전환해나가는 듯했다. 약국의 외상에 대해 내가 어머니에게 가만히 상의를 했더니 어머니는, 한손으로 얼굴을 감싸시고 잠시 가만히 있으셨으나, 마침내 얼굴을 들고 쓸쓸하다는 듯 웃으며 고민해봐야 소용없는 일이지, 몇 년 걸릴지 모르겠지만 매달 조금씩이라도 갚아나가도록 하자, 라고 말했다.

그로부터, 벌써 6년이 지났다.

박꽃. 아아, 동생도 괴로운 것이리라. 게다가 길이 막혀서 무엇을 어떻게 하면 좋을지 아직 아무것도 모르는 것이리라. 그저, 매일, 죽고 싶은 기분으로 술을 마시는 것이리라.

차라리 과감하게 진짜 불량한 인간이 되어버리는 건 어떨까? 그러면 동생도 오히려 마음이 편해지지 않을까?

불량하지 않은 사람이 있을까, 라고 그 노트에 적혀 있었는데, 그 말을 읽고 보니 나도 불량, 외삼촌도 불량, 어머니 역시, 불량처럼 여겨진다. 불량이란, 다정함을 말하는 것이 아닐까.

4

편지 쓸까, 어쩔까, 꽤나 망설였습니다. 그러다 오늘 아침, 비둘기같이 순수하게, 뱀같이 지혜로우라[41], 는 예수님의 말씀이 문득 떠올라, 기묘하게 기운이 나서 편지를 올리기로 했습니다. 나오지의 누나입니다. 잊으셨나요? 잊으셨다면, 기억해내시기 바랍니다.

나오지가 얼마 전에 또 찾아가 커다란 폐를 끼친 듯한데, 정말 죄송합니다. (하지만 사실 나오지의 일은, 그건 나오지가 자기 하고 싶은 대로 하는 것으로, 제가 나서서 사과하는 건 난센스 같다는 생각이 들기도 합니다.) 오늘은 나오지의 일이 아니라 저에 관한 일로, 부탁드릴 것이 있습니다. 교바시의 아파트에서 재해를 당하셔서 그 이후 지금의 주소로 옮기셨다는 사실을 나오지에게서 듣고, 도쿄

41 신약성경 마태복음 10장 16절. 원전은 '뱀같이 지혜롭고 비둘기같이 순결하라.'

의 교외에 있는 댁으로 찾아뵐까 생각했으나, 어머니가 얼마 전부터 다시 몸이 약간 좋지 않으셔서 어머니를 내버려두고 상경하는 것은, 도저히 불가능한 일이기에, 그렇기에, 편지로 말씀드리기로 했습니다.

당신에게 상의하고 싶은 일이 있습니다.

저의 이 상담은 지금까지의 『여대학(女大學)[42]』 입장에서 보자면, 매우 뻔뻔하고 더럽고 악질적인 범죄이기조차 할지도 모르겠으나, 그러나 저는, 아니, 저희는 지금 이대로는 도저히 살아갈 수 있을 것 같지도 않기에, 동생 나오지가 이 세상에서 가장 존경하고 있는 당신에게 저의 거짓 없는 마음을 들려드리고 지도를 부탁드리고 싶은 것입니다.

지금의 생활이, 견딜 수가 없습니다. 좋고 나쁨의 문제가 아니라, 도저히 이대로는 저희 식구 세 사람, 살아갈 수 있을 것 같지 않습니다.

어제도 괴로워서, 몸도 열에 들뜨고 숨이 막혀서, 스스로를 어찌할 줄 모르고 있었는데, 정오를 조금 지나 아래 농가의 딸이 빗속으로 쌀을 짊어지고 왔습니다. 그리고 저는 약속한 대로 옷가지를 드렸습니다. 아가씨는 식

42 에도 시대에 널리 보급된 여자의 교훈서. 부모, 남편, 시어머니를 순종적으로 섬기고, 가정을 다스리는 일 등을 가르쳤다.

당에서 저와 마주 앉아 차를 마시며 참으로 현실적인 어조로,

"당신, 물건을 팔아서 앞으로 어느 정도 생활할 수 있나요?"

라고 말했습니다.

"반년이나, 일 년 정도."

라고 저는 대답했습니다. 그런 다음, 오른손으로 반쯤 얼굴을 가리고,

"졸려. 졸려서 견딜 수가 없어요."

라고 말했습니다.

"피곤한 거예요. 졸음이 오는 신경쇠약이죠?"

"그런 거 같네요."

눈물이 날 것 같았고, 문득 제 가슴 속으로 리얼리즘이라는 말과 로맨티시즘이라는 말이 떠올랐습니다. 제게 리얼리즘은 없습니다. 이런 식으로 살아갈 수 있을까, 하는 생각이 들자 온몸에 한기가 느껴졌습니다. 어머니는 거의 환자나 바를 바 없어서 몸져누웠다가 일어났다가 하고, 동생은 아시는 것처럼 마음에 커다란 병이 있어서, 여기에 있을 때는 소주를 마시러 저희 동네에 있는 여관과 요릿집을 겸한 집으로 부지런히 다니고 있으며, 사흘에 한 번은 저희의 옷가지를 판 돈을 가지고 도쿄로 나갑니다. 하지만 괴로운 것은 이런 일들이 아닙니다. 저

는 단지 제 자신의 목숨이 이런 일상생활 속에서, 파초의 잎이 떨어지지 않고 썩어가는 것처럼 오도카니 선 채 저절로 썩어가리라 생생하게 예감하고 있다는 것이 두렵습니다. 도저히, 견딜 수가 없습니다. 그래서 저는 『여대학』을 거스르고서라도 지금의 생활에서 벗어나고 싶은 것입니다.

저는 지금 어머니와 동생에게 분명하게 선언하고 싶습니다. 저는 전부터 어떤 분을 사랑하고 있고, 저는 장래에, 그분의 애인으로 살 생각이라는 사실을 분명하게 말해버리고 싶습니다. 그분은 당신도 틀림없이 알고 계실 것입니다. 그분 성함의 이니셜은, M·C입니다. 저는 전부터 어떤 괴로운 일이 일어나면 그 M·C에게로 달려가고 싶어서, 그리움에 죽을 것 같은 심정이었습니다.

M·C에게는 당신과 마찬가지로 부인도 자녀도 있습니다. 그리고 저보다 훨씬 더 아름답고 젊은 여자친구도 있는 듯합니다. 하지만 저는 M·C에게로 갈 수밖에 달리 살아갈 길이 없는 것 같다는 생각이 듭니다. M·C의 사모님과는 아직 만난 적이 없지만, 아주 다정하고 좋은 분인 것 같습니다. 저는 그 사모님을 생각하면, 제가 무시무시한 여자라는 생각이 듭니다. 하지만 저의 지금의 생활은 그것 이상으로 무시무시한 것이라는 생각이 들어서, M·C에게 의지하기를 그만두지 못하는 것입니다. 비둘

기같이 순수하게, 뱀같이 지혜롭게, 저는 저의 사랑을 이루고 싶습니다. 하지만 틀림없이 어머니도, 동생도, 그리고 세상 사람들도, 누구 하나 제게 찬성해주지 않을 것입니다. 당신은 어떻습니까? 저는 결국 혼자 생각하고, 혼자 행동할 수밖에 없다고 생각하면 눈물이 납니다. 태어나서 처음 있는, 일이니까요. 이 어려운 일을 주위의 모두로부터 축복받으며 이루어낼 방법은 없을까, 하고 아주 까다로운 대수의 인수분해나 그런 것의 답안을 생각하듯 집중하고 있으면, 어딘가에 한 군데 술술 깔끔하게 풀어낼 수 있는 실마리가 있는 듯한 기분이 들어 갑자기 마음이 밝아지곤 합니다.

하지만 가장 중요한 M·C 쪽에서 저를 어떻게 생각하고 있을지. 그것을 생각하면 마음이 가라앉고 맙니다. 이른바 저는 남자에게 억지춘향으로 매달려서…… 뭐라고 해야 하는 건지, 남자에게 억지춘향으로 매달려서 아내가 되는 것도 아니고, 매달려서 애인이 되는 것이라고 해야 하는 건지, 그런 상황이기에 M·C 쪽에서 무슨 일이 있어도 싫다고 말한다면 그것으로 끝. 그렇기에 당신에게 부탁합니다. 어떻게 그분에게 당신께서 물어봐주시기 바랍니다. 6년 전 어느 날, 제 가슴에 희미하고 옅은 무지개가 떠올라, 그것은 사모도, 사랑도 아니었지만 세월이 지날수록 그 무지개는 선명하게 색채의 진함을 더

하기 시작해서, 저는 지금까지 한 번도 그것을 잃은 적이 없었습니다. 저녁 소나기 뒤의 맑은 하늘에 걸린 무지개는 곧 덧없이 지워져버리지만, 사람의 가슴에 떠오른 무지개는 지워지지 않는 것인 듯합니다. 부디 그분에게 물어봐주시기 바랍니다. 그분은 정말로 저를 어떻게 생각하고 계셨던 걸까요? 그야말로 비 그친 뒤 하늘에 뜬 무지개처럼, 생각하고 계셨던 걸까요? 그리고 먼 옛날에 벌써 지워져버린 것이라고?

그렇다면 저도 제 무지개를 지워버리지 않으면 안 됩니다. 하지만 제 목숨을 먼저 지워버리지 않으면 제 가슴 속 무지개는 지워질 것 같지 않습니다.

답장을 기원하고 있겠습니다.

우에하라 지로 귀하(나의 체호프[43]. 마이, 체호프. M·C)

저는 요즘 조금씩 살이 오르고 있습니다. 동물적인 여자가 되었다기보다는, 사람다워진 것이라고 생각하고 있습니다. 이번 여름에는 로렌스(D. H. Lawrence)의 소설을 하나 읽었습니다.

답장이 없기에 다시 한 번 편지를 올립니다. 지난번

43 안톤 파블로비치 체호프(1860~1904). 러시아의 소설가, 극작가. 대표작으로 《결투》, 《갈매기》, 《벚꽃 동산》 등이 있다.

에 올렸던 편지는 아주 교활하고 뱀 같은 간책으로 가득하다는 사실을 전부 꿰뚫어보신 거겠지요? 정말로, 저는 그 편지의 한 행 한 행에 온갖 교활한 지혜를 전부 부려보았습니다. 결국 저는 당신에게 제 생활을 도와주었으면 좋겠다, 돈이 필요하다는 의도일 뿐, 그것뿐인 편지라고 생각하셨겠지요? 그리고 저도 그것을 부정하지 않겠습니다만, 그러나 단지 제가 자신의 패트런[44]이 필요한 것이라면, 실례일지 모르겠으나, 특별히 당신을 선택해서 부탁하지는 않았을 것입니다. 다른 여러, 저를 귀여워해주실 부자 노인이 있을 듯합니다. 실제로 얼마 전에도 묘한 혼담 같은 것이 있었습니다. 그분의 성함은 당신도 아실지 모르겠으나, 60세를 넘은 독신 할아버지로, 예술원[45] 회원이라나 뭐라나, 그런 대단한 선생님이 저를 얻기 위해 이곳 산장으로 찾아오셨습니다. 이 선생님은 저희 니시카타마치의 집 근처에서 살고 계셨기에 저희도 같은 도나리구미(隣組)[46]라는 인연으로 가끔 뵌 적이 있었습니다. 언젠가, 그건 가을 저녁이었던 것으로 기억하고 있습니다만, 저와 어머니 둘이서 자동차로 그 선생님

44 patron. 게이샤와 같은 여성의 특정 후원자.
45 일본예술원. 예술에 있어서 특히 뛰어난 공적이 있는 예술가를 현창하기 위한 기관으로 문부대신이 소관한다.
46 제2차 세계대전 당시 국민을 통제하기 위해 만들어진 최말단 조직.

댁 앞을 지날 때 그분이 혼자 멍하니 자택 문 옆에 서 계셨는데, 어머니가 자동차 창 너머로 선생님께 살짝 인사를 했더니, 그 선생님의 까다로워 보이는 검푸른 얼굴이 갑자기 단풍보다 더 붉어졌습니다.

"사랑에 빠진 얼굴 같아요?"

저는 장난스럽게 말했습니다.

"어머니를 좋아하는 거야."

그러나 어머니는 차분하게,

"아니야. 훌륭한 분이시다."

이라고 혼잣말처럼, 중얼거리셨습니다. 예술가를 존경하는 것은 저희 집안의 가풍인 듯합니다.

그 선생님이, 작년에 사모님을 잃으셨다며 와다 외삼촌과 요곡(謠曲)[47]의 친구 사이인 한 황족의 주선으로 어머니께 혼담을 넣으셨는데, 어머니는, 가즈코가 생각한 대로 답장을 선생님에게 직접 올리는 게 어떻겠니? 라고 말씀하셨기에 저는 깊이 생각할 것도 없이 싫어서, 제게는 지금 결혼할 뜻이 없습니다, 라는 말을 아무렇지도 않게 술술 써버렸습니다.

"거절해도 되지?"

47 노가구의 대사에 가락을 붙여 부르는 것.

"그야 물론…… 나도 억지스러운 이야기라고 생각하고 있었단다."

그 무렵, 선생님은 가루이자와의 별장에 계셨기에 그 별장으로 거절의 답장을 올렸는데, 그로부터 이틀째 되던 날, 그 편지와 엇갈려서 선생님께서 직접 이즈의 온천으로 일을 하러 가는 도중에 잠깐 들렀다며, 제 답장에 대해서는 아무것도 모르신 채 느닷없이 이 산장에 모습을 드러내셨습니다. 예술가란 몇 살이 되어도 이렇게 어린아이처럼 제멋대로 행동하는 모양입니다.

어머니는 몸이 좋지 않았기에 제가 상대를 하기 위해 나가서 중국풍 방에서 차를 올리고,

"저기, 거절의 편지, 지금쯤 가루이자와에 도착했을 겁니다. 잘 생각해보았습니다만."

"그렇습니까?"

라고 침착하지 못한 투로 말씀하시며 땀을 닦으시고,

"하지만 다시 한 번 더 잘 생각해보시기 바랍니다. 저는 당신을, 뭐라고 해야 좋을지, 이른바 정신적으로는 행복을 줄 수 없을지 모르겠으나, 대신 물질적으로는 얼마든지 행복하게 해드릴 수 있습니다. 이것만은 분명하게 말할 수 있습니다. 이건 터놓고 하는 얘기입니다만."

"말씀하신 그 행복이라는 걸, 저는 잘 모르겠습니다. 건방지게 들리실지 모르겠으나, 죄송합니다. 체호프가

아내에게 보낸 편지 속에, 아이를 낳아주게, 우리의 아이를 낳아주게, 라고 쓴 부분이 있었지요? 니체였던가의 에세이 속에도, 아이를 낳게 하고 싶은 여자, 라는 말이 있었습니다. 저, 아이를 갖고 싶어요. 행복 따위, 그런 건 아무래도 상관없어요. 돈도 갖고 싶지만 아이를 기를 수 있을 만큼의 돈이 있으면, 그걸로 충분합니다."

선생님은 이상하게 웃으시고,

"보기 드문 분이시군요. 누구에게나 생각한 대로 말씀하실 수 있는 분입니다. 당신 같은 분과 함께 있으면, 제 일에도 새로운 영감이 내려올지도 모르겠습니다."
라고 나이에도 어울리지 않게 약간 아니꼬운 말씀을 하셨습니다. 이렇게 훌륭한 예술가의 작업을 만약 진짜 제 힘으로 젊어지게 할 수 있다면 그것도 보람이 있는 일임에 틀림없다고 생각했으나, 하지만 저는 그 선생님께 안기는 제 모습을, 도저히 생각할 수가 없었습니다.

"제게 사랑의 마음이 없어도 상관없습니까?"
라고 제가 조금 웃으며 여쭈었더니, 선생님은 진지하게,

"여자는 그거면 충분합니다. 여자는 막연하게 있기만 하면 충분합니다."
라고 말씀하셨습니다.

"하지만 저 같은 여자는 역시 사랑의 마음이 없어서는, 결혼을 생각할 수 없습니다. 저, 이제 어른인걸요. 내

년에는 벌써 서른."
이라고 말하다 저도 모르게 입을 막아버리고 싶은 기분이 들었습니다.

서른. 여자에게는 스물아홉까지는 처녀의 냄새가 남아 있다. 그러나 서른이 된 여자의 몸에는 이미 어디에도 처녀의 냄새가 없다, 는 예전에 읽었던 프랑스 소설 속의 말이 문득 떠올라 참을 수 없는 쓸쓸함에 휩싸여 밖을 보니, 한낮의 빛을 받은 바다가 유리 파편처럼 강렬하게 반짝이고 있었습니다. 그 소설을 읽었을 때는 그야 그렇겠지 하고 가볍게 긍정하고 넘어갔다. 서른 살까지로 여자의 생활은 끝나버린다고 아무렇지도 않게 생각했던 그 무렵이 그립습니다. 팔찌, 목걸이, 드레스, 허리띠, 하나하나 제 몸 주위에서 없어져감에 따라서, 제 몸의 처녀의 냄새도 점점 옅어져간 것이겠지요. 가난한 중년 여자. 아아, 끔찍해라. 하지만 중년 여자의 생활에도 여자의 생활이 역시 있는 거겠지요. 요즘 그 사실을 알게 되었습니다. 영국인 여교사가 영국으로 돌아갈 때 열아홉 살이었던 제게 이렇게 말한 것을 기억하고 있습니다.

"당신은 사랑을 해서는, 안 돼요. 당신은 사랑을 하면 불행해질 거예요. 사랑을 하려면 훨씬 더 자란 다음에 하세요. 서른 살이 된 뒤부터 하세요."

하지만 그런 말을 듣고도 저는 멍하니 있었습니다.

서른 살이 된 뒤의 일 같은 것, 그 무렵의 제게는 상상조차 할 수 없는 일이었습니다.

"이 별장을 파실 거라는 소문을 들었습니다만."

선생님은 짓궂게 보이는 듯한 표정으로 문득 이렇게 말씀하셨습니다.

저는 웃었습니다.

"죄송합니다. 《벚꽃 동산》이 떠올라서 그랬어요. 당신이 사주시는 거죠?"

선생님은 과연 민감하게 알아차리신 모양으로, 화가 난 듯 입을 일그러뜨리고 말이 없었습니다.

한 황족의 집안에서, 신엔(新円)[48] 50만 엔에 이 집을 이러쿵저러쿵 하는 이야기가 있었던 것도 사실이지만 그것은 흐지부지 중단되었는데, 선생님은 그 소문이라도 들으신 거겠지요. 하지만 《벚꽃 동산》의 로파힌[49]처럼 우리에게 여겨지고 있다면 참을 수 없다고, 완전히 마음이 상하신 모양으로 이후 잡담을 잠시 나누다 돌아가 버리셨습니다.

제가 지금 당신께 구하고 있는 것은, 로파힌이 아닙

48 1946년 2월, 종전의 10엔권은 무효가 되었고, 일본은행이 신권을 발행. 이것이 신엔이라 불렸다.

49 안톤 체호프의 희곡 《벚꽃 동산》 속 등장인물. 농노 출신의 벼락부자.

니다. 그건 분명하게 말씀드릴 수 있습니다. 그냥 억지춘향으로 매달리는 중년 여자를 받아주시기 바랍니다.

제가 처음으로 당신을 만난 것은 벌써 6년 정도의 옛일이 되었습니다. 그때 저는 당신이라는 사람에 대해서 아무것도 몰랐습니다. 그저 동생의 스승님 그것도 얼마간 좋지 않은 스승님, 그렇게 생각하고 있었을 뿐이었습니다. 그리고 함께 컵으로 술을 마시고 그런 다음, 당신은 잠깐 가벼운 장난을 치셨지요? 하지만 저는 아무렇지도 않았습니다. 단지 이상하게 몸이 가벼워진 듯한 정도의 기분으로 있었습니다. 당신을 좋아하는 것도 싫어하는 것도, 아무것도 아니었습니다. 그로부터 얼마 지나지 않아서 동생의 환심을 사기 위해 당신의 저서를 동생에게서 빌려 읽고, 재미있기도 하고 재미없기도 하고, 그다지 열성적인 독자는 아니었습니다만, 6년 사이에 언제부터인지 당신이 안개처럼 제 가슴으로 스며들어 있었던 것입니다. 그날 밤, 지하실의 계단에서 저희가 한 일도 갑자기 생생하고 선명하게 떠올라 왠지 그것은 저의 운명을 결정할 정도의 중대한 일이었다는 느낌이 들고 당신이 그리워서 이것이 사랑일지도 모르겠다는 생각이 들자 더없이 불안하고 허전했기에 혼자 훌쩍훌쩍 울었습니다. 당신은 다른 남자와 완전히 전혀 다릅니다. 저는

《갈매기》의 니나[50]처럼 작가를 사랑하고 있는 것이 아닙니다. 저는 소설가를 동경하고 있는 것이 아닙니다. 문학소녀, 라는 식으로 생각하신다면 저도 당황스럽습니다. 저는 당신의 아기를 갖고 싶은 것입니다.

좀 더 훨씬 전에 당신이 아직 혼자 몸이실 때 그리고 저도 아직 야마기에게 시집가기 전에 만나서 둘이 결혼했다면 저도 지금처럼 괴로워하지 않았을지도 모르겠습니다만 저는 이미 당신과의 결혼은 불가능하다고 포기하고 있습니다. 당신의 사모님을 밀어내는 짓, 그것은 비열한 폭력 같아서 저는 싫습니다. 저는 첩(이 말, 말하고 싶지 않아서 참을 수 없습니다만, 하지만 애인이라고 해봐야 속되게 말하면 첩임에 다름없으니, 분명하게 말하죠.) 그것이어도 상관없습니다. 하지만 세상의 일반적인 첩 생활도 힘든 것 같더군요. 사람들의 말에 의하면 첩은 보통 볼일이 끝나면 버림을 받는다고요. 예순쯤 되면 어떤 남자든 모두 본처에게로 돌아간다고요. 그러니 첩만은 되어서는 안 된다고 니시카타마치의 할아범과 유모가 이야기하는 것을 들은 적이 있습니다. 하지만 그건 세상의 일반적인 첩의 얘기고 저희의 경우는 다른 듯한 기분이 듭니

50 체홉의 희곡 속 주인공.

다. 당신에게 있어서 가장 중요한 것은 역시 당신의 일이라고 생각합니다. 그리고 당신이 저를 좋아하신다면 두 사람이 사이좋게 지내는 편이 일을 하기 위해서도 좋을 것입니다. 그러면 당신의 사모님도 저희의 관계를 납득해주실 것입니다. 이상한, 억지스러운 논리 같지만 그래도 제 생각은 어디도 틀리지 않았다고 생각합니다.

문제는 당신의 대답뿐입니다. 저를 좋아하시는지, 싫어하시는지, 그도 아니면 아무 생각도 없으신 건지 그 대답, 매우 두렵지만, 그래도 듣지 않을 수 없습니다. 요전의 편지에서도, 억지춘향으로 매달리는 애인, 이라고 쓰고 또 이번 편지에도 억지춘향으로 매달리는 중년 여자, 라고 썼습니다만, 지금 잘 생각해보니 당신의 대답이 없으면, 억지춘향으로 매달리려 해도 어디에도 발붙일 곳이 없어서 혼자 멍하니 야위어갈 뿐일 것입니다. 역시 당신의 무슨 말씀이 없이, 안 되는 일이었습니다.

지금 문득 떠오른 생각입니다만, 당신은 소설에서는 꽤나 사랑의 모험 같은 것을 쓰셨고 세상도 굉장한 악한인 것처럼 수군대고 있지만, 사실은, 상식적인 사람이죠? 저는 상식이라는 것을 이해할 수가 없습니다. 좋아하는 일만 생긴다면 그것은 좋은 생활이라고 생각합니다. 저는 당신의 아이를 낳고 싶습니다. 다른 사람의 아기는 무슨 일이 있어도 낳고 싶지 않습니다. 그래서 저는 당신께 상의하고 있는 것입니다. 이해하셨다면 답을 주십시오. 당신의 마음을 분명하게 알려주시기 바랍니다.

비가 그치고 바람이 불기 시작했습니다. 지금 오후 3시입니다. 지금부터 1급주(6홉)의 배급을 받으러 갈 것입니다. 럼주를 2병, 자루에 넣고, 가슴의 포켓에 이 편지를 넣고, 이제 10분쯤 후면 아랫마을로 나갈 것입니다. 이 술은 동생에게 주지 않겠습니다. 제가 마시겠습니다. 매일 밤, 컵으로 한 잔씩 마시겠습니다. 술은 사실은 컵에 마시는 거예요.

저희 집에, 오시지 않으시겠습니까?

M·C 귀하

오늘도 비가 내리기 시작했습니다. 눈에 보이지 않는 안개비가 내리고 있습니다. 매일매일, 외출도 하지 않고 답장을 기다리고 있는데, 결국 오늘까지 소식은 들려오지 않았습니다. 대체 당신은 무엇을 생각하고 계시는지요. 요전의 편지에 그 훌륭하신 선생님의 일을 쓴 것이 잘못이었던 걸까요. 이런 혼담 따위를 써서 경쟁심을 부추기려 하고 있다고 생각하시기라도 한 걸까요. 하지만 그 혼담은 그것으로 벌써 끝나버리고 말았습니다. 조금 전에도 어머니와 그 이야기를 하며 웃었습니다. 어머니는 얼마 전 혀끝이 아프셨는데 나오지가 권해서 미학요법을 받으셨는데 그 요법으로, 혀의 통증도 가라앉아 요즘에는 그럭저럭 건강하십니다.

조금 전에 제가 툇마루에 서서 소용돌이를 그리며 불어가고 있는 안개비를 바라보며, 당신의 마음에 대해서 생각하고 있자니,

"우유를 끓였으니, 이리 오렴."

하고 어머니가 식당 쪽에서 부르셨습니다.

"추워서, 아주 뜨겁게 해봤어."

저희는 식당에서 김을 올리고 있는 뜨거운 우유를 마시며, 먼젓번의 선생님에 대해 이야기를 나누었습니다.

"그분하고 나는, 전혀 안 어울리지요?"

어머니는 태연하게,

"안 어울려."

라고 대답했습니다.

"나, 이렇게 버릇이 없고 거기다 예술가를 싫어하지도 않고, 또 그분에게는 상당한 수입이 있는 듯하고, 그런 분하고 결혼하면 그야 좋겠지요. 하지만, 못 하겠어."

어머니는 웃으시고,

"가즈코는 나쁜 아이로구나. 그렇게 못 하겠으면서, 요전에 그분하고 천천히 뭔가 즐거운 듯 이야기를 나눴잖아. 네 속내를 모르겠다."

"어머, 하지만 재미있었는걸요. 좀 더 여러 가지 이야

기를 나누고 싶었어. 나, 조심성이 없는 건가요?"

"아니, 듬직하다. 가즈코 듬직해."

어머니는 오늘은 아주 건강해 보였다.

그리고 어제 처음으로 묶어 올린 제 머리를 보시고,

"올림머리는 말이지, 머리숱이 적은 사람이 해야 어울려. 네 올림머리는 너무 화려해서 조그만 금관이라도 씌워보고 싶을 정도야. 실패야."

"실망이네요. 하지만 어머니 언젠가, 가즈코는 목덜미가 희고 예쁘니 될 수 있으면 목덜미를 가리지 말아라, 그렇게 말씀하셨잖아요."

"그런 것만은 기억하고 있구나."

"조금이라도 칭찬받은 일은 평생 잊지 않을 거예요. 기억하고 있는 편이 즐거운걸."

"요전에 그분으로부터도 무슨 칭찬을 들은 거지?"

"맞아. 그래서 듬직하게 앉아 있었던 거죠. 나하고 같이 있으면 영감이 떠오른다나. 아아, 낯간지러워라. 나, 예술가가 싫지는 않지만 그렇게 인격자인 양 거드름을 피우는 사람은 정말 싫어요."

"나오지의 스승님은 어떤 분이니?"

저는 섬뜩했습니다.

"잘은 모르겠지만 어차피 나오지의 스승님이잖아요. 불량 딱지가 붙은 사람인가봐."

"딱지가 붙은?"

이라며 어머니는 즐겁다는 듯한 눈빛으로 중얼거리고,

"재미있는 말이네. 딱지가 붙었다면 오히려 안전하고 좋지 않겠니? 방울을 목에 걸고 있는 새끼 고양이 같아서 귀여워. 딱지가 없는 불량이 더 무서운 거야."

"그런가요."

기뻐서, 기뻐서 몸이 연기가 되어 슥 허공으로 빨려 들어가는 것 같은 기분이었습니다. 아시겠어요? 왜 제가 기뻤는지. 모르시겠다면…… 때려주겠어요.

한번 정말로 여기에 놀러 오시지 않으실래요? 제가 나오지에게 당신을 모시고 오라고 말하는 것도 어딘가 부자연스럽고 이상하니, 당신 자신이 취흥에 젖어서 불쑥 여기에 들른 것 같은 식으로 나오지의 안내로 오셔도 상관은 없지만 가능하다면 혼자서 그리고 나오지가 도쿄에 나가고 없을 때 와주시기 바라요. 나오지가 있으면 당신을 나오지에게 빼앗겨버려 틀림없이 당신 들은 오사키 씨의 집으로 소주를 마시러 가서 돌아오지 않을 게 뻔하니까요. 저희 집에서는 조상 대대로 예술가를 좋아했던 모양입니다. 고린[51]이라는 화가도, 옛날 교토에 있

51 오가타 고린(尾形光琳, 1658~1716). 에도 중기의 화가.

던 저희 집에서 오래 머물며 장지문에 아름다운 그림을 그려주셨습니다. 그러니 어머니도 당신의 내방을 틀림없이 기뻐해주시리라 여겨집니다. 당신은 아마도 2층의 서양식 방에서 주무시게 될 겁니다. 잊지 마시고 전등을 꺼두시기 바랍니다. 저는 조그만 초를 한손에 들고, 어두운 계단을 올라가서, 그건, 안 될까요? 너무 이르죠.

저, 불량이 좋아요. 그것도 딱지가 붙은 불량이 좋아요. 그리고 저도 딱지 붙은 불량이 되고 싶어요. 그렇게 하는 것 외에 제 삶의 보람은 없는 듯한 기분이 들어요. 당신은 일본에서 제일가는 딱지 붙은 불량이시죠? 그리고 요즘에는 또 수많은 사람들이, 당신을 더럽다, 불결하다는 말로 굉장히 미워하며 공격하고 있다는 말을 동생에게서 듣고 더욱 당신을 좋아하게 되었습니다. 당신 같은 사람에게는 틀림없이 여러 아미[52]가 있을 테지만 머지않아 점점 저 혼자만을 좋아하시게 될 거예요. 어째서인지 제게는 자꾸만 그런 생각이 듭니다. 그리고 당신은 저와 함께 살면서 매일 즐겁게 일을 할 수 있을 겁니다. 어렸을 때부터 저는, 사람들로부터 곧잘 "너와 함께 있으면 노고를 잊게 돼."라는 말을 들어왔습니다. 저는 지금

52 amie(프랑스어). 친구. 특히 이성 친구. 애인. 연인.

까지 사람들로부터 미움을 받은 경험이 없었습니다. 모두가 저를 착한 아이라고 말해주었습니다. 그러니 당신도 저를 싫어할 리는 결코 없으리라 여겨집니다.

만나면 됩니다. 이제 지금은 답장도, 무엇도 필요 없습니다. 만나고 싶습니다. 제가 도쿄에 있는 당신 댁으로 찾아가면 가장 간단히 뵐 수 있을 테지만, 어머니가 워낙 반 환자 같아서, 저는 침식을 같이 하는 간호사 겸 하녀이기에 아무래도 그럴 수가 없습니다. 부탁드리겠습니다. 부디, 여기로 와주시기 바랍니다. 한번 뵙고 싶습니다. 그리고 모든 것은 만나고 나면 알 수 있는 일. 제 입의 양쪽에 생긴 희미한 주름을 봐주세요. 세기적 슬픔의 주름을 봐주세요. 저의 어떤 말보다도 제 얼굴이, 제 가슴 속 생각을 분명히 당신에게 알려드릴 것입니다.

첫 번째 올린 편지에 제 가슴에 뜬 무지개에 대해서 썼습니다만, 그 무지개는 반딧불처럼 또는 별님의 빛처럼, 그렇게 고상한 아름다움을 가진 것이 아닙니다. 그렇게 옅고 아련한 마음이었다면 저는 이렇게 괴로워하지 않고 점점 당신을 잊을 수 있었을 것입니다. 제 가슴 속 무지개는 불꽃의 다리입니다. 가슴이 타버릴 정도의 마음입니다. 마약중독자가 마약이 떨어져서 약을 구할 때의 기분도 이렇게 괴롭지는 않을 것입니다. 틀리지 않았다, 부정하지 않다고 생각하면서도 문득, 커다란, 아주 바보 같은 짓을 하려는 것이 아닐까, 하는 생각이 들어 섬뜩한 적도 있습니다. 발광한 것이 아닐까 반성하는 그런 기분도 많이 있습니다. 하지만 저 역시 냉정하게 계획하고 있는 일도 있습니다. 정말 여기로 한번 와주시기 바랍니다. 언제 오셔도 상관없습니다. 저는 아무 데도 가지 않고 언제나 기다리고 있습니다. 저를 믿어주세요.

다시 한 번 만나보고 그때 싫으면 분명하게 말씀해주세요. 저의 이 가슴속 불꽃은 당신이 붙인 것이니 당신이 끄고 가주세요. 저 혼자만의 힘으로는 도저히 끌 수가 없습니다. 어쨌든 만나면, 만나면, 제가 편안해질 것입니다. 만요슈(万葉集)나 겐지 이야기의 시절이었다면 제가 말씀드리고 있는 일, 아무것도 아니었을 텐데. 저의 소망. 당신의 애첩이 되고, 당신 아이의 어머니가 되는 것.

이와 같은 편지를 혹시 비웃는 사람이 있다면, 그 사람은 여자의 살아가려는 노력을 비웃는 사람입니다. 여자의 목숨을 비웃는 사람입니다. 저는 항구의 숨 막힐 듯 고인 공기를 견딜 수가 없어서 항구 밖은 폭풍이라 할지라도, 돛을 올리고 싶습니다. 쉬고 있는 돛은 예외 없이 더럽다. 저를 비웃는 사람들은 틀림없이 모두 쉬고 있는 돛입니다. 아무것도 하지 못합니다.

골치 아픈 여자. 하지만 이 문제로 가장 괴로워하고 있는 것은 저입니다. 이 문제에 대해서 무엇도, 조금도 괴로워하고 있지 않은 방관자가 돛을 꼴사납게 축 늘어뜨린 채 쉬고 있으면서 이 문제를 비평하는 것은 난센스입니다. 저를, 적당히 무슨무슨 사상이라고 말하는 것은 듣고 싶지 않습니다. 저는 무사상입니다. 저는 사상이나 철학 같은 것으로 행동한 적이 단 한 번도 없습니다.

세상에서 좋다고 일컬어지고 존경받고 있는 사람들은 모두 거짓말쟁이이자 가짜라는 사실을, 저는 알고 있습니다. 저는 세상을 신용하고 있지 않습니다. 딱지가 붙은 불량만이, 저의 아군입니다. 딱지 붙은 불량. 저는 그 십자가에만은 매달려 죽어도 상관없다고 생각하고 있습니다. 만인에게 비난을 받아도 그래도 저는 맞받아쳐줄 수 있는 것입니다. 너희들은 딱지가 붙지 않은 훨씬 더 위험한 불량이잖아, 라고.

아시겠어요?

사랑에 이유는 없습니다. 조금 따분한 말을 너무 많이 했습니다. 동생의 말투를 흉내 내본 것에 지나지 않았다는 생각이 들기도 합니다. 오시기를 기다리고 있을 뿐입니다. 다시 한 번 뵙고 싶습니다. 그것뿐입니다.

기다림. 아아, 인간 생활에는 기뻐하기도 하고 노하기도 하고 슬퍼하기도 하고 미워하기도 하고 여러 가지 감정이 있지만, 그렇지만 그건 인간 생활의 겨우 1퍼센트를 점하고 있을 뿐인 감정으로, 나머지 99퍼센트는 그저 기다리며 살아가고 있는 것 아닐까요? 행복의 발소리가 복도에서 들려오기를 이제나저제나 가슴 조이는 심정으로 기다리다, 헛수고. 아아, 인간의 생활이란 너무나도 비참. 태어나지 않는 편이 좋았다고 모두가 생각하고 있는 이 현실. 그리고 매일, 아침부터 밤까지 덧없이 무엇인가를 기다리고 있다. 비참하기 짝이 없습니다. 태어나기를 잘했다며 아아, 생명을, 인간을, 세상을 기꺼이 여기고 싶습니다.

앞을 가로막고 있는 도덕을, 밀어낼 수는 없나요?

M·C(마이, 체호프의 이니셜이 아닙니다. 저는, 작가를 사랑하고 있는 것이 아닙니다. 마이, 차일드)

5

나는 올 여름, 한 남자에게, 세 통의 편지를 보냈으나, 답장은 없었다. 아무리 생각해봐도 내게는 그것 외에 살아갈 방법이 없다고 여겨져 세 통의 편지에 나의 그런 속내를 적어 곶의 끝자락에서 성난 파도를 향해 뛰어내리는 심정으로, 투함했는데, 아무리 기다려도 답장이 없었다. 동생 나오지에게 은근슬쩍 그 사람의 근황을 물어보아도 그 사람은 조금도 변한 곳 없이 매일 밤 술을 마시며 돌아다니고 더욱 부도덕한 작품만을 써서 세상의 어른들로부터, 빈축을 사고 미움을 받고 있는 듯하며, 나오지에게 출판업을 시작하라고 권했는데, 나오지는 아주 솔깃했는지 그 사람 외에도 두엇, 소설가 분이 고문이 되어주고 자본을 대줄 사람도 있다나 어쨌다나, 나오지의 이야기를 듣고 있으면 내가 사랑하고 있는 사람 주변의 분위기에 나의 냄새는 털끝만큼도 배어 있지 않은 듯, 나는 부끄럽다는 생각보다도 이 세상이 내가 생각하고 있는 세상과는 전혀 다른 별스럽고 기묘한 생물 같다는 생각이 들어, 나 혼자만 남겨져 부르고 외쳐보아도 아무런 반응이 없는 황혼 속 가을 광야에 세워진 듯한, 지금까지 맛본 적 없는 처참한 기분에 사로잡혔다. 이것이 실연이라는 것일까? 광야에 이렇게, 그저 서 있는 동안 해가 완전히 저물어 밤이슬에 얼어죽는 수밖에 없는 걸까 싶으면, 눈물이 나지 않는 통곡으로 두 어깨와 가슴이 격렬하게 물결치며 숨도 쉴 수 없을 것 같은 기분이 되곤 한다.

이렇게 된 이상 이제는 어떻게 해서든 내가 상경해서 우에하라 씨를 뵙기로 하자, 나의 돛은 이미 올랐고, 항구 밖으로 나와버렸는걸, 멈춰 서 있을 수는 없어, 갈 데까지 가지 않을 수 없다, 라고 남몰래 상경할 마음의 준비를 시작한 순간, 어머니의 상태가 이상해졌다.

어느 날 밤, 심하게 기침이 나와서 열을 재보았더니 39도였다.

"오늘 추웠기 때문이겠지. 내일이 되면 나을 거야."

라고 어머니는 기침을 하며 조그만 목소리로 말씀했으나 내게는, 아무래도, 평범한 기침이 아닌 듯 여겨져, 내일은 어쨌든 아랫마을의 의사 선생님을 불러야겠다고 마음속으로 정했다.

이튿날 아침, 열은 37도로 내려가고 기침도 별로 나지 않았지만, 그래도 나는 마을의 의사를 찾아가서, 어머니가, 요즘 갑자기 약해지셨다는 사실, 어젯밤부터 열이 나고 기침도, 평범한 감기의 기침과 다른 듯 여겨진다는 사실 등을 말하고, 진찰을 부탁드렸다.

의사는, 그럼 나중에 찾아뵙겠습니다, 이건 받은 물건입니다만, 이라고 말하며 응접실 구석의 찬장에서 배를 3개 꺼내서 내게 주었다. 그리고 정오를 조금 지나서, 흰색 바탕에 감색 짧은 줄무늬가 있는 여름용 하오리를 입고 방문을 했다. 언제나처럼, 세심하게 오랜 시간 청진과 타진을 하고 그다음 내 쪽으로 똑바로 돌아앉아,

"걱정하실 것 없습니다. 약을 드시면 나을 겁니다."
라고 말했다.

나는 묘하게 우스워서 웃음을 참으며,

"주사는 어떤가요?"
라고 여쭈었더니 진지하게,

"그럴 필요는 없을 겁니다. 감기이니 조용히 쉬시면 곧 감기가 떨어질 겁니다."
라고 말씀하셨다.

하지만 어머니의 열은 그로부터 일주일이 지나도 떨어지지 않았다. 기침은 멈췄지만 열은 아침에 7도 7부 정도이고 저녁이 되면 9도가 되었다. 의사선생님은, 그 이튿날부터 배가 아프다며 쉬셨기에 내가 약을 받으러 가서 어머니의 용태가 좋지 않다는 사실을 간호사에게 알

려 선생님께 전하게 해도, 평범한 감기이니 걱정할 것 없습니다, 라는 대답과 함께 물약과 가루약을 주셨다.

나오지는 변함없이 도쿄로 나가서 벌써 열흘 넘게 돌아오지 않았다. 나 혼자서 너무 두려운 나머지 와다 외삼촌에게 어머니의 용태가 변했다는 사실을 엽서에 적어 알려드렸다.

열이 나기 시작한 지 열흘째나 되어서, 마을의 의사 선생님이, 이제야 배가 좋아졌습니다 하며, 진찰을 왔다.

그는 어머니의 가슴을 주의 깊은 표정으로 타진하더니

"알았습니다, 알았습니다."

라고 외치고, 다시 내 쪽으로 똑바로 돌아앉아,

"열의 원인을 알아냈습니다. 왼쪽 폐에 침윤[53]이 일어났습니다. 하지만 걱정할 필요는 없습니다. 열은 당분간 계속될 테지만, 조용히 쉬시면 문제없습니다."

라고 말했다.

그럴까? 라고 생각하면서도 물에 빠진 사람이 지푸라기라도 잡으려는 것과 같은 심정도 있었기에, 마을 의사 선생님의 그 진단에, 나는 조금 마음이 놓였다.

의사 선생님이 돌아가고 난 뒤,

53 폐결핵 초기증상을 일컫던 말.

"다행이야, 어머니. 아주 약간의 침윤 정도는 대부분의 사람들에게 있는 법이야. 마음 단단히 먹고 계시기만 하면, 간단히 나아버릴 거예요. 올 여름의 기후불순이 안 좋았던 거야. 여름은 싫어. 나는 여름의 꽃도 싫어."

어머니는 눈을 감고 웃으시며,

"여름의 꽃을 좋아하는 사람은 여름에 죽는다기에, 나도 올 여름쯤에 죽겠구나 싶었는데, 나오지가 돌아와서 가을까지 살아버렸어."

그런 나오지라도 역시 어머니가 살아가는 버팀목이 되어 있는 건가, 싶자 괴로웠다.

"그럼, 벌써 여름이 지나버렸으니 어머니의 위험기도 고개를 넘은 셈이네. 어머니, 정원의 싸리가 꽃을 피웠어요. 그리고 마타리, 오이풀, 도라지, 솔새, 참억새. 정원은 완전히 가을 정원이 되었어. 10월이 되면 분명히 열도 내려갈 거예요."

나는 그것을 빌었다. 얼른 이 9월의 후텁지근한, 이른바 늦더위의 계절이 지났으면 좋겠다. 그리고 국화가 피고 화창한 가을 날씨가 계속되면 틀림없이 어머니의 열도 내려가고 건강해져서, 나도 그 사람과 만날 수 있게 될 것이고 나의 계획도 대국의 꽃송이처럼 멋지게 피어날지도 모른다. 아아, 얼른 10월이 돼서, 그래서 어머니의 열이 내리면 좋겠다.

와다 외삼촌께 엽서를 올린 지 일주일쯤 지나서, 와다 외삼촌의 조치로 예전에 시의(侍醫)[54]로 계시던 나이 많은 미야케 선생님이 간호사를 데리고 도쿄에서 진찰을 위해 와주셨다.

노선생님은 돌아가신 아버지와도 교제가 있던 분이셨기에, 어머니는 매우 기뻐하시는 모습이었다. 게다가, 노선생님은 옛날부터 예의를 지키지 않고 쓰시는 말씀도 거칠었는데, 그게 또 어머니의 마음에 드신 듯 그날은 진찰 같은 건 할 생각도 않고 둘이서 이런저런 격의 없는 잡담에 정신이 팔려 있었다. 내가 부엌에서 푸딩을 만들어 방으로 가지고 갔더니, 그 사이에 벌써 진찰도 끝난 듯 노선생님은 청진기를 목걸이처럼 아무렇게나 어깨에 걸치신 채 방 앞 복도에 있는 등나무의자에 앉아서는,

"저도 말이죠, 포장마차에 들어가 선 채로 우동을 먹었는데. 맛있네, 맛없네 그건 문제가 아니었어요."

라고 한가롭게 잡담을 계속하셨다. 어머니도 별다른 생각 없다는 표정으로 천장을 보며 그 이야기를 들었다. 아무것도 아니었구나, 라고 나는 마음이 놓였다.

"어떠신가요? 이 마을의 의사 선생님께서는 가슴 왼

54 궁중에서 임금과 왕족의 진료를 맡은 의사.

쪽에 침윤이 있다고 말씀하셨었는데?"
라고 나도 갑자기 기운이 나서 미야케 선생님께 물었더니, 노선생님은 대수롭지 않다는 듯,

"그냥, 괜찮아."

라고 가볍게 말씀하셨다.

"어머, 다행이에요, 어머니."

라고 나는 진심으로 미소 지으며 어머니를 부른 다음,

"괜찮대요."

그때, 미야케 선생님은 등나무의자에서 벌떡 일어나 중국풍 방 쪽으로 가셨다. 뭔가 내게 하실 말씀이 있는 듯 보였기에 나는 가만히 그 뒤를 따라갔다.

선생님은 중국풍 방의 벽걸이 장막 뒤로 가서 멈춰 서더니,

"그르렁그르렁 소리가 들려."

하고 말씀하셨다.

"침윤이 아닌가요?"

"아니야."

"기관지염일 가능성은요?"

나는, 벌써 눈물을 글썽이며 여쭤보았다.

"없어."

결핵! 나는 그것이라고 생각하고 싶지 않았다. 폐렴이나 침윤이나 기관지 카타르라면, 내 힘으로 반드시 고

쳐주겠다. 하지만 결핵이라면, 아아, 이젠 틀린 걸지도 몰라. 나는 발아래가 무너져가는 듯한 느낌이 들었다.

"소리, 안 좋은가요? 그르렁그르렁 들리나요?"

두려움에 나는 훌쩍이기 시작했다.

"오른쪽과 왼쪽 전부 들려."

"하지만 어머니는 아직 건강하신 걸요. 식사도, 맛있다 맛있다 하시며……"

"어쩔 수가 없어."

"거짓말이야. 그렇죠, 그럴 리 없죠? 버터하고 달걀하고 우유를 많이 드시면, 나으시는 거죠? 몸의 저항력만 키우면 열도 내려가는 거죠?"

"응, 뭐든, 많이 먹어야 해."

"그렇죠? 토마토도 매일 5개 정도는 드시고 계세요."

"응, 토마토는 좋지."

"그럼, 괜찮은 거죠? 낫겠죠?"

"하지만 이번 병은 목숨을 앗아갈지도 몰라. 그런 마음가짐으로 있는 게 좋아."

인간의 힘으로 아무래도 할 수 없는 일이 이 세상에는 아주 많은 법이라는 절망의 벽의 존재를, 태어나서 처음으로 알게 된 듯한 기분이었다.

"남은 기간은 2년? 3년?"

나는 떨며 작은 목소리로 물었다.

"모르지. 어쨌든 이미 손을 쓸 수가 없어."

그리고 미야케 선생님은, 그날은 이즈의 나가오카 온천에 숙소를 예약하셨다며, 간호사와 함께 돌아가셨다. 문 밖까지 배웅을 하고 정신없이 되돌아와서 방에 계신 어머니의 머리맡에 앉아 아무 일도 없었다는 듯 웃어 보이자, 어머니는,

"선생님은 뭐라고 하시더냐?"

라고 물으셨다.

"열만 내리면 된대요."

"가슴은?"

"대단할 것도 없나봐. 그 왜, 언젠가 병에 걸리셨을 때 같은 걸 테죠, 틀림없이. 금방 시원해지면 점점 건강해지실 거예요."

나는 내 거짓말을 믿으려 했다. 목숨을 앗아갈지 모른다는 무서운 말은 잊으려 했다. 내게 이 어머니가 돌아가신다는 것은, 그것은 내 육체도 함께 소실되어버리는 것이라는 듯한 느낌이어서, 도무지 사실로는 생각할 수 없었다. 앞으로는 모든 것을 잊고 어머니에게 듬뿍듬뿍 맛있는 것을 만들어 드리자.

생선. 수프. 통조림. 간. 고깃국. 토마토. 달걀. 우유. 맑은 장국. 두부가 있으면 좋겠는데. 두부를 넣은 된장국. 흰 쌀밥. 떡. 맛있는 것은 무엇이든, 내가 가진 물건을 전

부 팔아서, 그렇게 해서 어머니에게 맛있는 음식을 해드려야지.

나는 일어나 중국풍 방으로 갔다. 그리고 중국풍 방의 소파를 다다미방의 툇마루 근처로 옮겨서 어머니의 얼굴이 보이도록 앉았다. 누워 계시는 어머니의 얼굴은 조금도 환자처럼 보이지 않았다. 눈은 아름답게 맑았으며 얼굴색도 생기가 넘쳤다. 매일 아침, 규칙적으로 일어나서 세면장으로 가시고, 목욕탕의 3첩 방에서 당신이 직접 머리를 묶고 몸단장을 단정하게 하고, 그런 다음 이부자리로 돌아와 앉으신 채 식사를 마치고, 이부자리에 눕기도 하고 일어나기도 하고, 오전 중에는 계속 신문이나 책을 읽으셨으며, 열이 나는 것은 오후뿐이었다.

'아아, 어머니는 건강하셔. 분명히 괜찮으신 거야.' 라고 나는 마음속으로 미야케 선생님의 진단을 강하게 부정했다.

10월이 되고, 국화꽃이 필 무렵이 되면, 하고 생각하는 동안 나는 깜빡 졸기 시작했다. 현실에서는 나는 한 번도 본 적이 없는 풍경인데, 그런데도 꿈에서는 가끔 그 풍경을 보아, 아아, 또 여기에 왔네, 라고 생각하는 익숙한 숲 속의 호숫가로 나는 나섰다. 나는 일본 옷을 입은 청년과 발소리도 없이 함께 걷고 있었다. 풍경 전체가 녹색 안개가 껴 있는 듯한 느낌이었다. 그리고 호수 바닥에 희고 화사한 다리가 잠겨 있었다.

"아아, 다리가 잠겨 있어. 오늘은 아무 데도 갈 수 없어. 이 호텔에서 쉬어요. 틀림없이 빈 방이 있었어."

호숫가에 석조 호텔이 있었다. 그 호텔의 돌은, 녹색 안개로 축축이히 젖어 있었다. 돌문 위에 금문자로 가느다랗게, HOTEL SWITZERLAND라고 파여 있었다. SWI라고 읽고 있는 사이에 갑자기 어머니가 떠올랐다. 어머니는 어떻게 하시려나? 어머니도 이 호텔에 계시는 걸까? 라고 궁금해졌다. 그리고 청년과 함께 돌문을 지나 앞마당으로 들어갔다. 안개 덮인 정원에 수국을 닮은 붉고 커다란 꽃이 불타오르듯 피어 있었다. 어렸을 때, 이불의 무늬로 새빨간 수국 꽃이 여기저기 흩어져 있는 것을 보고, 이상하게 슬펐는데, 역시 빨간 수국 꽃은 정말로 있었구나 싶었다.

"춥지 않아?"

"응, 조금. 안개에 귀가 젖어서, 귀 뒤쪽이 시려."

라고 말하고 웃으며,

"어머니는 어떻게 하고 계시려나."

라고 물었다.

그러자 청년은 아주 슬프고 자애심 깊은 미소를 지은 뒤,

"그 분은, 무덤 안에 계셔."

라고 대답했다.

“아.”

라고 나는 조그맣게 외쳤다. 그랬다. 어머니는 이제 계시지 않았다. 어머니의 장례식도 벌써 끝나지 않았는가. 아아, 어머니는 이미 돌아가셨다고 의식한 순간, 말로 표현할 수 없는 처연함에 몸이 떨려 눈이 떠졌다.

베란다는 벌써 황혼이었다. 비가 내리고 있었다. 녹색의 쓸쓸함이 꿈속 그대로 주위 일대에 맴돌고 있었다.

“어머니.”

라고 나는 불렀다.

조용한 목소리로,

“뭐하고 있니?”

라는 대답이 있었다.

나는 기쁨에 벌떡 일어나 방으로 가서,

“지금 말이지, 나, 잠을 자고 있었어요.”

“그래. 뭘 하고 있는 걸까 싶었는데. 긴 낮잠이었구나.”

라며 재미있다는 듯 웃으셨다.

나는 어머니가 이렇듯 우아하게 숨 쉬며 살아 계시다는 사실이 너무나도 기뻐서, 고마워서 눈물을 글썽거리고 말았다.

“저녁의 메뉴는? 희망하시는 것 있으십니까?”

나는 약간 장난스러운 투로 이렇게 말했다.

"됐다. 아무것도 필요 없어. 오늘은 9도 5부야."

갑자기 나는 납작하게 맥이 풀렸다. 어쩔 줄 몰라서 어두운 방 안을 멍하니 둘러보다 문득, 죽고 싶어졌다.

"어떻게 된 걸까. 열이 9도 5부라니."

"아무것도 아니다. 그저 열이 나기 전이, 싫은 거야. 머리가 약간 아프고 한기가 들고 그런 다음 열이 나거든."

밖은 벌써 어두워졌고 비는 그친 듯했으나 바람이 불기 시작했다. 등불을 켜고 식당으로 가려는데 어머니가,

"눈이 부시니 켜지 마."

라고 말씀하셨다.

"어두운 데서 가만히 누워 계시는 거 싫어하시잖아요."

라고 선 채, 여쭤보았더니,

"눈을 감고 누워 있으니 마찬가지야. 조금도 외롭지 않아. 오히려 눈이 부신 게 싫어. 앞으로 계속 방의 불은 켜지 말아줘."

라고 말씀하셨다.

내게는 그것도 역시 불길한 느낌이 들어서 말없이 방의 불을 끄고 옆방으로 가서, 옆방 스탠드에 불을 켜고 견딜 수 없이 쓸쓸해져서, 서둘러 식당으로 가서 통조림 연어를 차가운 밥에 얹어 먹었더니 줄줄 눈물이 나왔다.

바람은 밤이 되어 더욱 세게 불었고, 9시 무렵부터 비도 섞여 본격적인 폭풍이 되었다. 이삼일 전에 말아올린

툇마루 끝의 발이 덜컹덜컹 소리를 냈고, 나는 다다미방의 옆방에서 로자 룩셈부르크의 《경제학입문》을 기묘한 흥분을 느끼며 읽고 있었다. 이건 내가 얼마 전에 2층의 나오지 방에서 가져온 것으로 그때 이것과 함께 레닌 선집, 카우츠키의 《사회혁명》 등도 무단으로 빌려와서 옆방의 내 책상 위에 올려놓았는데, 어머니가 아침에 세수를 하고 돌아오실 때, 내 책상 옆을 지나시다, 문득 그 세 권의 책에 눈길을 주시더니 하나하나 집어서 바라보시고 조그만 한숨을 쉰 뒤, 가만히 다시 책상 위에 놓고 쓸쓸한 얼굴로 내 쪽을 힐끗 봤다. 하지만 그 눈길은 깊은 슬픔에 잠겨 있으면서도 결코 거부나 혐오의 그것은 아니었다. 어머니께서 읽으시는 책은 빅토르 위고, 뒤마 부자, 알프레드 드 뮈세, 알퐁스 도데 등인데, 나는 그와 같은 감미로운 이야기책에서도 혁명의 냄새가 난다는 사실을 알고 있다. 어머니처럼 타고난 교양, 이라는 말도 이상하기는 하지만, 그런 것을 가지고 계신 분은 의외로 아무렇지도 않게 당연한 일인 것처럼 혁명을 맞아들일 수 있는 것일지도 모른다. 나도 이렇게 로자 룩셈부르크의 책 등을 읽으면 내가 같잖다는 생각이 드는 적도 없지는 않지만, 그래도 또 역시 나는 내 나름대로 깊은 흥미를 느낀다. 여기에 적혀 있는 것은 경제학이라고 하지만, 경제학으로 읽으면 정말 따분하다. 참으로 단순하고 뻔한 내용뿐이다. 아니, 어쩌면, 나는 경제학이라는 것을 전혀 이해하지 못하는 것일지도 모르겠다. 어쨌든 내게는 조금도 재미있지 않다. 인간이라는 것은 치사스러운 것이고 그리고 영원히 치사스러운 것이라는 전제가 없으면 전혀 성립되지 않는 학문으로, 치사스럽지 않은 인간에게 있어서는 분배의 문제고 뭐고 전혀 흥미가 없는 일이다. 그래도 나는 이 책을 읽으며 다른 곳에서 기묘한 흥분을 느끼는 것이다. 그건 이 책의 저자가 아무런 망설임도 없이, 옛 사상을 모조리 파괴해나가는 저돌적인 용기다. 제아무리 도덕에 반해도 사랑하는 사람에게로 시원하게 거침없이 달려가는 유부녀의 모습까지 떠오른다. 파괴사상. 파괴는 애절하고 슬프고 또 아름다운 것이다. 파괴하고, 다시 세워 완성하겠다는 꿈. 그렇게 해서 일단 파괴하면 영원히 완성의 날이 오지 않을지도 모르는데, 그래도 그리워하는 사랑 때문에 파괴하지 않으면 안 된다. 혁명을 일으키지 않으면 안 되는 것이다. 로자는 마르크시즘에 슬프고 열렬한 사랑을 하고 있다.

그건 12년 전의 겨울이었다.

"너는 사라시나(更級) 일기[55]의 소녀로구나. 더는 무

55 스가와라 다카스에의 딸이 쓴 일기. 이야기에 대한 동경과 꿈에 대한 기록이 많다.

슨 말을 해도 소용없겠어."

이렇게 말하고 내게서 떠나간 친구. 그 친구에게 그 때 나는 레닌의 책을 읽지 않고 돌려주었다.

"읽었어?"

"미안해. 읽지 않았어."

니콜라이당[56]이 보이는 다리 위였다.

"왜? 어째서?"

그 친구는 나보다 3센티미터 정도 더 키가 크고 어학을 아주 잘하고 빨간 베레모가 아주 잘 어울리고, 얼굴도 조콘다[57]를 닮았다는 평판이 있는, 아름다운 사람이었다.

"표지의 색이 마음에 들지 않았어."

"이상한 사람. 아니지? 사실은 내가 무서워진 거지?"

"무섭지 않아. 표지의 색을 견딜 수가 없었을 뿐이야."

"그래."

라고 쓸쓸하다는 듯 말한 다음 나를 사라시나 일기라고 말하고, 그리고, 무슨 말을 해도 소용없겠어, 라고 단정 지어버렸다.

우리는 한동안 말없이 겨울 강을 내려다보고 있었다.

"무사하길. 만약 이게 영원한 이별이라면, 영원히 무

56 간다 스루가다이에 있는 일본 하리스트부활대성당의 통칭. 1891년 건립.

57 레오나르도 다 빈치의 〈모나리자〉의 다른 이름.

사하길. 바이런[58]."
이라 말하고, 그 바이런의 시구를 원문으로 빠르게 암송한 뒤, 내 몸을 가볍게 안았다.

나는 부끄러워서,

"미안해."

라고 작은 목소리로 사과하고, 오차노미즈 역 쪽으로 걸어가다가 뒤를 돌아보니 그 친구는 역시 다리 위에 선 채, 움직이지 않고 가만히 나를 바라보고 있었다.

그날 이후, 그 친구는 만나지 못했다. 같은 외국인 교사의 집에 다니기는 했으나 학교가 다르기 때문이었다.

그로부터 12년이 지났지만 나는 역시 사라시나 일기에서 한 걸음도 나아가지 못했다. 대체 나는 그동안 무엇을 했단 말인가. 혁명을 동경한 적도 없었고 사랑조차 알지 못했다. 지금까지 세상의 어른들은 이 혁명과 사랑 두 가지를 가장 어리석고 혐오스러운 것으로 우리에게 가르쳤고, 전쟁 전에도 전쟁 중에도 우리는 그렇게만 생각하고 있었으나 패전 후, 우리는 세상의 어른들을 믿지 못하게 되어 어쩌면 그 사람들이 말하는 것의 반대편에 참된 삶의 길이 있을지도 모르겠다는 생각이 들기 시작해

58 바이런(1788~1824). 영국의 낭만파를 대표하는 시인.

서, 혁명도 사랑도 사실은 이 세상에서 가장 좋고 맛있는 것으로, 너무 좋은 것이기에, 어른들은 심술궂게 우리에게 파란 포도라고 거짓을 가르쳤던 것임에 틀림없다고 생각하게 된 것이다. 나는 확신하고 싶다. 인간은 사랑과 혁명을 위해서 살아온 것이다.

스르륵 장지문이 열리더니 어머니가 웃으며 얼굴을 내미시고,

"아직 안 자니. 안 졸려?"

라고 말씀하셨다.

책상 위의 시계를 보니, 12시였다.

"응, 하나도 안 졸려요. 사회주의 책을 읽고 있자니 흥분해버렸어."

"그래. 술 없니? 그럴 때는 술을 마시고 자면 쉽게 잠들 수 있는데."

라고 놀리는 듯한 어조로 말씀하시는 그 태도에는, 어딘가 데카당과 종이 한 장 차이의 요염함이 있었다.

마침내 10월이 되었으나 청명하고 맑은 가을하늘은 보이지 않고 장마철처럼 끈적끈적하고 후텁지근한 날이 계속되었다. 그리고 어머니의 열은 역시 매일 저녁이 되면, 38도와 9도 사이를 오르내렸다.

그러던 어느 아침, 무시무시한 것을 나는 보았다. 어

머니의 손이 부어 있었던 것이다. 아침밥이 가장 맛있다고 말씀하시던 어머니도 요즘은 이부자리에 앉아서 아주 조금, 죽을 가볍게 한 공기, 반찬도 냄새가 강한 것은 못 드셔서, 그날은 송이를 넣은 맑은 장국을 올렸는데도 역시 송이의 향조차 싫어지신 모양으로, 국그릇을 입가까지 가져가셨다가 그대로 다시 상 위에 가만히 올려놓았는데, 그때 나는 어머니의 손을 보고, 깜짝 놀랐다. 오른손이 부풀어 올라, 둥그렇게 되어 있었던 것이다.

"어머니! 손, 괜찮아?"

얼굴까지 약간 창백하고 부은 듯 보였다.

"아무렇지도 않아. 이 정도쯤이야 아무렇지 않아."

"언제부터 부었어?"

어머니는 눈이 부시다는 듯한 얼굴을 하신 채 말이 없었다. 나는 소리 내서 울고 싶어졌다. 이런 손은 어머니의 손이 아니야. 다른 집 아주머니의 손이야. 우리 어머니의 손은 훨씬 더 가느다랗고 조그만 손이야. 내가 잘 알고 있는 손. 부드러운 손. 사랑스러운 손. 그 손은, 영원히 사라져버린 걸까. 왼손은 아직 그렇게 붓지 않았으나, 어쨌든 가슴이 아파 보고 있을 수가 없었기에, 나는 시선을 돌려 장식공간에 있는 꽃바구니를 노려보았다.

눈물이 날 것 같아 참을 수 없게 되어, 벌떡 일어나 식당으로 갔더니, 나오지가 혼자서 달걀반숙을 먹고 있었다. 가끔 이즈의 이 집에 있어도 밤이면 언제나 오사키 씨의 집으로 가서 소주를 마시고 아침에는 언짢은 얼굴로 밥은 먹지 않고 달걀 반숙을 네다섯 개 먹을 뿐, 그런 다음 다시 2층으로 가서 눕기도 하고 일어나기도 한다.

"어머니의 손이 부었어."

라고 나오지에게 말하다, 고개를 숙였다. 말을 잇지 못하고 나는, 고개를 숙인 채 어깨를 들썩이며 울었다.

나오지는 말없이 있었다.

나는 얼굴을 들고,

"이젠 틀렸어. 너, 몰랐었니? 저렇게 부어서는 이제 틀린 거야."

라고 테이블 끝을 쥐고 말했다.

나오지도 어두운 얼굴이 되어,

"얼마 남지 않았어, 그럼. 쳇, 일이 꼬여버리는군."

"나, 다시 한 번 고쳐보고 싶어. 어떻게든 고치고 싶어."

라고 오른손으로 왼손을 쥐어짜며 말하자, 갑자기 나오지가 훌쩍훌쩍 울기 시작하더니,

"무엇 하나 좋은 일이 없잖아. 우리에게는 무엇 하나 좋은 일이 없잖아."

라고 말하며 주먹으로 눈을 마구 비볐다.

그날 나오지는 와다 외삼촌에게 어머니의 용태를 보고하고 앞으로의 일에 대한 지도를 받기 위해 상경했으

며, 나는 어머니 곁에 있지 않은 동안, 아침부터 밤까지 거의 울고 있었다. 아침안개 속으로 우유를 가지러 갈 때도, 거울을 향해 머리를 매만지면서도, 립스틱을 바르면서도, 언제나 울었다. 어머니와 보냈던 행복했던 날들의 이런저런 일들이 그림처럼 떠올라 자꾸만 눈물이 나오는 것을 참을 수가 없었다. 저녁, 어두워진 뒤, 중국풍 방의 베란다로 나가 오래도록 울었다. 가을하늘에서 별이 빛나고, 발아래에 다른 집 고양이가 웅크리고 앉아 움직이지 않았다.

이틀날, 손의 붓기는 전날보다, 한층 더 심해져 있었다. 식사는 아무것도 드시지 않으셨다. 귤 주스도, 입이 터서 아리기 때문에 마시지 못하겠다고 말씀하셨다.

"어머니, 다시 나오지의 마스크를 해보지?"

라고 웃으며 말할 생각이었으나, 말을 하는 동안 괴로워져서 엉엉 소리 내어 울어버리고 말았다.

"매일 바빠서, 피곤하지? 간호사를 고용해줘."

라고 조용히 말씀하셨는데 당신의 몸보다도, 딸의 몸을 걱정하고 계신다는 사실에 더욱 슬퍼져, 일어나 달려서 목욕탕의 세 첩짜리 방으로 가, 마음껏 울었다.

정오를 조금 지나서, 나오지가 미야케 노선생님과 그리고 간호사 두 명을 모시고 왔다.

언제나 농담만 하시는 노선생님도 그때는 화가 난 듯

한 태도로 성큼성큼 병실로 들어와, 바로 진찰을 시작하셨다. 그리고 누구에게랄 것도 없어,

"약해지셨습니다."

라고 한마디 낮게 말씀하시고, 캠퍼[59] 주사를 놓아주었다.

"선생님 숙소는?"

하고 어머니가, 헛소리처럼 말씀하셨다.

"또 나가오카입니다. 예약해두었으니 걱정하실 것 없습니다. 이 환자는 남의 일 같은 건 걱정하지 말고, 좀 더 마음 가는 대로 드시고 싶은 건 무엇이든 많이 드시도록 하지 않으면 안 되겠네요. 영양을 취하면 좋아질 겁니다. 내일 다시 오겠습니다. 간호사를 한 명 두고 갈 테니, 써보시기 바랍니다."

라고 노선생님은 병상에 계신 어머님을 향해 커다란 목소리로 말하고, 그런 다음 나오지에게 눈짓을 하며 자리에서 일어났다.

나오지 혼자 선생님과 함께 간호사를 배웅하러 나갔는데, 곧 돌아온 나오지의 얼굴을 보니 그건 울고 싶은 것을 참고 있는 얼굴이었다.

우리는 가만히 병실에서 나와 식당으로 갔다.

59 kamfer. 강심제. 쇠약한 혈관운동신경을 흥분시키기 위한 주사.

"틀린 거야? 그런 거지?"

"제길."

하고 나오지는 입을 일그러뜨려 웃으며,

"쇠약이, 엄청 급격하게 찾아왔나봐. 오늘, 내일도, 알 수 없다고 지껄였어."

라고 말하는 동안 나오지의 눈에서 눈물이 넘쳐흘렀다.

"사람들한테 전보를 치지 않아도 되는 걸까?"

나는 오히려, 조용히 차분하게 말했다.

"그건 외삼촌하고도 상의했는데, 외삼촌은 지금은 그렇게 사람들이 모일 수 있는 시대가 아니라고 했어. 와주신다 해도 이렇게 좁은 집으로는 오히려 실례가 되고, 이 근처에는 제대로 된 여관도 없고, 나가오카의 온천에도 방을 두 개 세 개나 예약할 수는 없으니, 그러니까 우리는 이제 가난해서 그런 훌륭하신 분들을 불러 모을 힘이 없다는 말이야. 외삼촌은 바로 뒤따라서 오기로 되어 있지만, 하지만, 그 자식은 옛날부터 치사해서 조금도 의지가 되지 않아. 어젯밤에도 말이지, 엄마의 병은 생각하지도 않고 내게 잔소리만 잔뜩 했어. 치사한 놈한테 잔소리를 듣고, 눈이 뜨였다는 사람은 동서고금에 걸쳐서 한 사람도 있었던 적이 없어. 남매이지만, 엄마와 그 자식은 마치 하늘과 땅만큼이나 차이가 난다니까 지긋지긋해."

"하지만, 나는 그렇다 쳐도 너는 앞으로 외삼촌께 의

지하지 않으면……."

"됐어. 차라리 거지가 되는 편이 낫지. 누나야말로 앞으로 외삼촌한테 잘 부탁드린다고 말해둘게."

"내게는……."

눈물이 났다.

"내게는 갈 곳이 있어."

"혼담? 정해졌어?"

"아니."

"자활이야? 직업여성. 그만둬, 그만둬."

"자활도 아니야. 나는 말이지, 혁명가가 될 거야."

"뭐?"

나오지는 이상한 얼굴로 나를 보았다.

그때 미야케 선생님이 간병을 위해 데리고 온 간호사가 나를 부르러 왔다.

"사모님께서 뭔가 용무가 있으신 듯합니다."

서둘러 병실로 가서, 이불 옆에 앉아,

"왜 그러세요?"

라며 얼굴을 가까이하고 물었다.

어머니는 무슨 말인가 하고 싶은 듯했으나 말없이 계셨다.

"물?"

하고 물었다.

희미하게 머리를 흔들었다. 물도 아닌 듯했다.

잠시 후, 작은 목소리로,

"꿈을 꿨어."
라고 말씀하셨다.

"그래? 어떤 꿈?"

"뱀 꿈."

나는 오싹해졌다.

"툇마루의 섬돌 위에 빨간 줄무늬가 있는 여자 뱀이, 있잖아. 좀 보렴."

나는 몸이 식어버린 듯한 기분으로 벌떡 일어나 툇마루로 나가서 유리문 너머로 보니, 섬돌 위에 뱀이 가을 햇빛을 받으며 길게 늘어져 있었다. 나는 어질어질 현기증이 났다.

나는 너를 알고 있어. 너는 그때에 비해서 조금 크고 늙었지만, 하지만, 내가 알을 태워버린 그 여자 뱀이지? 너의 복수는 이제 잘 알았으니 저리로 가. 얼른 저쪽으로 가줘, 라고 마음속으로 빌며 그 뱀을 바라보고 있었으나 아무리 해도 뱀은 움직이지 않았다. 나는 무슨 이유에서인지, 간호사에게 그 뱀을 보이고 싶지 않았다. 쿵 세게 발을 구르며,

"없어, 어머니. 꿈이란 믿을 게 못 된다니까."
라며 일부러 필요 이상으로 커다랗게 말하고 슬쩍 섬돌

쪽을 보니, 뱀은 드디어 몸을 움직여 슬금슬금 돌에서 매달리듯 내려갔다.

이젠 틀렸다. 틀렸다고 그 뱀을 보고 체념이 처음으로 내 마음속에서 솟아올랐다. 아버지가 돌아가셨을 때에도 머리맡에 검고 작은 뱀이 있었다고 하고, 또 그때, 정원의 나무마다에 뱀이 몸을 감고 있던 것을 나는 보았다.

어머니는 침상에 일어나 앉을 기력도 없어졌는지, 언제나 까무룩까무룩 하시며 이제는 몸을 옆에 있는 간호사에게 맡겼으며, 또 식사는 이제 거의 삼킬 수 없는 모양이었다. 뱀을 보고 나서 나는 슬픔의 바닥을 뚫고 나온 듯한 평안, 이라고 하면 좋을까, 그런 행복감과도 같은 마음의 여유가 생겨나 이렇게 된 이상 이제는 가능한 한 오직 어머니 곁에만 있자고 생각했다.

그리고 그 이튿날부터 어머니의 머리맡에 찰싹 들러붙어 앉아서 뜨개질을 했다. 나는 뜨개질도 바느질도 남들보다 훨씬 빠르지만, 그러나, 서툴렀다. 그랬기에 언제나 어머니는 그 서툰 부분을 하나하나 손을 잡고 가르쳐 주시곤 했다. 그날 역시 나는 특별히 뜨고 싶은 마음도 없었지만, 어머니 옆에 찰싹 들러붙어 있어도 부자연스럽게 보이지 않도록 내 모습을 꾸미기 위해서, 털실 상자를 꺼내다 뜨개질에 여념이 없는 척하기 시작한 것이었다. 어머니는 내 손끝을 가만히 바라보시다가,

"네 양말을 뜨는 거지? 그럼 거기서 여덟 코 더 늘리지 않으면 신을 때 꽉 낄 거야."
라고 말씀하셨다.

나는 어렸을 때 아무리 가르쳐주어도 영 뜨개질이 늘지 않았는데, 그때처럼 당황스럽고, 부끄럽고, 그리워서, 아아, 이제는 이렇게 어머니에게 배울 기회도, 이것으로 마지막이라고 생각하자, 나도 모르게 눈물 때문에 바늘 코가 보이지 않게 되었다.

어머니는 이렇게 누워만 있으면, 조금도 괴로워 보이지 않았다. 식사는 이미, 오늘 아침부터 전혀 삼키지 못해서 거즈에 차를 적셔 때때로 입을 축여드릴 뿐이었으나 그러나 의식은 또렷해서 가끔 내게 조용히 말을 거셨다.

"신문에 폐하의 사진이 실린 모양이던데 다시 한 번 보여줘."

나는 신문의 해당 부분을 어머니의 얼굴 위로 가져가 주었다.

"늙으셨구나."

"아니, 이건 사진이 이상한 거야. 요전의 사진은 아주 젊고 생기 넘치셨어. 오히려 이런 시대를 기뻐하고 계실 거야."

"왜?"

"왜냐하면 폐하도 이번에 해방되셨으니까."

어머니는 쓸쓸한 듯 웃으셨다. 그리고 잠시 후,

"울고 싶어도 이젠 눈물이 나오지 않게 되었어."

라고 말씀하셨다.

나는 어머니는 지금 행복한 것이 아닐까, 라고 문득 생각했다. 행복감이라는 것은 비애의 강바닥에 잠겨 희미하게 빛나고 있는 사금과 같은 것 아닐까? 슬픔의 한계를 지나서 신비하게 희미한 빛의 기분, 그것이 행복감이라는 것이라면, 폐하도 어머니도 그리고 나도, 틀림없이 지금 행복한 것이다. 조용한 가을의 오전. 햇살이 부드러운 가을의 정원. 나는 뜨개질을 멈추고 가슴 높이에서 빛나고 있는 바다를 바라보며,

"어머니. 나 지금까지 꽤나 세상을 몰랐었죠?"

라고 말하고, 그런 다음, 좀 더 하고 싶은 이야기가 있었으나, 방 한쪽에서 정맥주사 준비 등을 하고 있는 간호사가 듣는 것이 부끄러웠기에 말하기를 그만두었다.

"지금까지라니……."

라고 어머니는 희미하게 웃으며 따지듯 말하시며,

"그럼, 지금은 세상을 알고 있니?"

나는 어째서인지 얼굴이 새빨개졌다.

"세상은 알 수 없어."

라고 어머니는 얼굴을 저쪽으로 돌리고 혼잣말처럼 작은 목소리로 말했다.

"모르겠구나. 알고 있는 사람, 없지 않을까? 언제까지고 모두 어린아이야. 아무것도 알지 못하는 법이야."

그래도 나는 살아가지 않으면 안 된다. 어린아이일지 몰라도, 그래도, 어리광만 부리고 있을 수도 없게 되었다. 나는 지금부터 세상과 싸워나가지 않으면 안 되는 것이다. 아아, 어머니처럼, 사람과 싸우지 않고 미워하지 않고 원망하지 않고, 아름답게 슬프게 생애를 마감할 수 있는 사람은 이제 어머니가 마지막으로, 앞으로의 세상에는 존재할 수 없는 것 아닐까. 죽어가는 사람은 아름답다. 산다는 것. 살아남는다는 것. 그건 아주 추하고, 피비린내 나는, 더러운 일인 것 같다는 생각도 든다. 나는 새끼를 배서, 구덩이를 파는 뱀의 모습을 다다미 위에 그려보았다. 하지만 내게는 포기할 수 없는 것이 있다. 야비해도 상관없다. 나는 살아남아서, 생각한 일을 이루기 위해 세상과 싸워나가자. 어머니가 돌아가실 것이라는 사실이 더욱 명확해지자, 나의 로맨티시즘과 감상이 점차 사라지고, 왠지 내가 방심할 수 없이 간교한 생물로 변해가고 있는 듯한 기분이 들었다.

그날 정오를 지나서, 내가 어머니 곁에서 입을 적셔드리고 있을 때, 문 앞에서 자동차가 멈춰 섰다. 와다 외삼촌이 외숙모와 함께 도쿄에서 자동차로 달려오신 것이었다. 외삼촌이 병실로 들어와, 어머니의 머리맡에 말없이 앉자, 어머니는 손수건으로 당신의 얼굴 반을 가리고, 외삼촌의 얼굴을 바라본 채 우셨다. 하지만 우는 얼굴이 되었을 뿐 눈물은 나오지 않았다. 인형 같다는 느낌이 들었다.

"나오지는 어디?"

라고 잠시 후 어머니가 내 쪽을 보고 말했다.

내가 2층으로 가서 양실의 소파에 누워 신간 잡지를 읽고 있는 나오지에게,

"어머니가 부르셔."

라고 말하자,

"아아, 또 신파극이야? 누나는 잘도 참으며 거기서 버티고 있더군. 신경이 둔한 거야, 매정한 거야? 나는 너무 괴로워서, 실로 마음은 뜨거워지지만 육체가 약해서, 도저히 엄마 곁에 있을 기력이 없어."

이렇게 말하며 상의를 걸치고 나와 함께 2층에서 내려왔다.

둘이서 나란히 어머니의 머리맡에 앉자, 어머니는 갑자기 이불 속에서 손을 내밀어, 말없이 나오지 쪽을 가리키고, 그런 다음 나를 가리키고, 다시 외삼촌 쪽으로 얼굴을 돌려, 양쪽 손바닥을 찰싹 합쳤다.

외삼촌은 커다랗게 고개를 끄덕이고,

"그래, 알았어. 알았어."

라고 말씀하셨다.

어머니는 마음이 놓이신 듯, 눈을 가볍게 감고 손을 이불 속으로 가만히 넣었다.

나도 울고, 나오지도 고개를 숙인 채 오열했다.

그때, 미야케 노선생님이 나가오카에서 오셔서, 우선 주사를 놓으셨다. 어머니도, 외삼촌을 만나 더는 여한이 없다고 생각하셨는지,

"선생님, 얼른 편안하게 해주세요."

라고 말씀하셨다.

노선생님과 외삼촌은, 얼굴을 마주 보고 말없이 그렇게 두 사람의 눈에서 눈물이 반짝였다.

내가 일어나 식당으로 가서, 외삼촌이 좋아하시는 유부우동을 만들어 선생님과 나오지와 외숙모까지 4인분을 만들어 중국풍 방으로 가져가고, 외삼촌의 선물인 마루노우치 호텔의 샌드위치를, 어머니에게 보여드린 뒤 어머니 머리맡에 놓자,

"바쁘지?"

라고 어머니는 작은 목소리로 물어왔다.

중국풍 방에서 모두가 잠시 잡담을 나누다, 외삼촌 외숙모는 무슨 일이 있어도 오늘 밤 도쿄로 돌아가야 할 일이 있다며, 내게 위로의 돈봉투를 건넸고, 미야케 선생님도 간호사와 함께 돌아가기로 했기에, 시중을 들 간호

사에게, 여러 가지 조치법을 일러두고, 어쨌든 아직은 의식이 또렷하고, 심장도 그렇게 약해지지 않았으니 주사만으로도, 앞으로 4~5일은 괜찮을 것이라며, 그날은 일단 모두 자동차로 도쿄로 돌아갔다.

모두를 배웅하고 방으로 갔더니, 어머니가 내게만 보이는 친밀한 웃음을 지으시며,

"정신없었지?"

라고 다시, 속삭이는 듯 작은 목소리로 말했다. 그 얼굴은 생기가 넘쳐서 오히려 반짝이고 있는 듯 보였다. 외삼촌을 만나서 기뻐셨던 것이리라, 라고 나는 생각했다.

"아니에요."

나도 약간 들뜬 기분이 되어, 생긋 웃었다.

그리고 그것이 어머니와의 마지막 대화였다.

그로부터 3시간쯤 지나서 어머니는 돌아가셨다. 가을의 조용한 황혼, 간호사에게 맥을 잡힌 채, 나오지와 나, 단 두 사람의 육친이 지켜보는 가운데 일본의 마지막 귀부인이었던 아름다운 어머니가.

눈을 감은 얼굴은 거의, 그대로였다. 아버지 때는 슥, 얼굴의 색이 바뀌었지만, 어머니의 얼굴색은 조금도 변하지 않았으며 숨결만이 끊겼다. 그 숨결이 끊긴 것도 언제라고 분명하게 알 수 없을 정도였다. 얼굴의 붓기도 전날쯤부터 빠져서 뺨이 초처럼 매끈매끈하고, 얇은 입술

이 희미하게 일그러져 미소를 머금고 있는 것처럼도 보였기에, 살아 있는 어머니보다 아름다웠다. 나는 피에타의 마리아[60]를 닮았다고 생각했다.

60 피에타(pietà)는 이탈리아어로 '슬픔'이며, 기독교 예술에서 죽은 예수 그리스도를 성모 마리아가 무릎에 안고 애도하는 회화, 조각들을 가리킨다.

6

전투, 개시.

언제까지고 슬픔에 잠겨 있을 수도 없었다. 내게는 반드시 쟁취해야 할 것이 있었다. 새로운 윤리, 아니, 그렇게 말해도 위선 같다. 사랑, 그것뿐이다. 로자가 새로운 경제학에 매달리지 않고는 살아갈 수 없었던 것처럼, 나는 지금 사랑 하나에 매달리지 않으면 살아갈 수 없는 것이다. 예수가 이 세상의 종교가, 도덕가, 학자, 권위자의 위선을 드러내고 신의 참된 사랑이라는 것을 조금도 망설이지 않고 있는 그대로 사람들에게 알려 내보이기 위해, 그 열두제자까지도 각지로 파견하시기에 앞서, 제자들에게 이르신 말씀은 내 경우와도 전혀 무관하지 않은 듯 여겨졌다.

〈너희 전대에 금이나 은이나 동을 가지지 말라. 여행을 위하여 배낭이나 두 벌 옷이나, 신발이나, 지팡이를 가지지 말라. 보라, 내가 너희를 보냄이 양을 이리 가운데로 보냄과 같도다. 그러므로 너희는 뱀같이 지혜롭고, 비둘기같이 순결하라. 사람들을 삼가라. 그들이 너희를 공회에 넘겨주겠고, 회당에서 채찍질하리라. 또 너희가 나로 말미암아 총독들과 임금들 앞에 끌려가리라. 그들이 너희를 넘겨줄 때에 어떻게 또는 무엇을 말할까 염려하지 말라. 너희에게 할 말을 그때에 주시리니. 말하는 이는 너희가 아니라 너희 속에서 말씀하시는 이 곧 너희 아버지의 성령이시니라. 또 너희가 내 이름으로 말미암아 모든 사람에게 미움을 받으리라. 그래도 끝까지 견디는 자는 구원을 얻으리라. 이 동네에서 너희를 박해하거든 저 동네로 피하라. 내가 진실로 너희에게 이르노니, 너희가 이스라엘의 모든 동네를 다 다니지 못하여서 인자가 오리라.

몸은 죽여도 영혼은 능히 죽이지 못하는 자들을 두려워하지 말고, 오직 몸과 영혼을 능히 지옥에 멸하실 수 있는 이를 두려워하라. 내가 세상에 화평을 주러 온 줄로 생각하지 말라. 화평이 아니요, 오히려 검을 주러 왔노라. 내가 온 것은 사람이 그 아버지와, 딸이 그 어머니와, 며느리가 그 시어머니와 불화하게 하려 함이니라. 사람의 원수가 자기 집안 식구리라. 아버지나 어머니를 나보다 더 사랑하는 자는 내게 합당하지 아니하니라. 아들이나 딸을 나보다 더 사랑하는 자는 내게 합당하지 아니하니라. 또 자기 십자가를 지고 나를 따르지 않는 자는 내게 합당하지 아니하니라. 자기 목숨을 얻는 자는 이를 잃을 것이요, 나를 위하여 목숨을 잃는 자는 이를 얻으리라.[61]〉

전투, 개시.

만약 내가 연애 때문에 예수의 이 가르침을 있는 그대로 반드시 지키겠다고 맹세한다면, 예수님은 야단을 치실까? 왜 '연애'가 나쁘고, '사랑'이 좋은 것인지 나는 모르겠다. 같은 것인 듯한 느낌을 지울 수가 없다. 무엇인지도 모르는 사랑을 위해서, 연애를 위해서, 그 슬픔을 위해서 몸과 영혼을 게헤나(Gehenna)[62]에서 멸할 수 있는 자, 아아, 나는 나야말로 그런 자라고 주장하고 싶은 것이다.

외삼촌들의 도움으로 어머니의 밀장(密葬)[63]을 이즈에서 행하고, 본장(本葬)[64]을 도쿄에서 마치고, 다시 나오지와 나는, 이즈의 산장에서 서로 얼굴을 마주치지도 말을 하지도 않는 이유를 알 수 없는 서먹한 생활을 했고,

61 신약성경 마태복음 10장 9~10절, 16~20절, 22~23절, 28절, 34~39절을 이어 붙인 것.

62 이스라엘 예루살렘의 남서쪽에 있는 계곡. 지옥과 같은 뜻으로 쓰이기도 한다.

63 식구들끼리만 치르는 장례식.

64 정식으로 치르는 장례식.

나오지는 출판업의 자본금이라고 칭하며 어머니의 보석류를 전부 끄집어내 도쿄에서 술을 마시다 지치면 이즈의 산장으로 중환자처럼 새파란 얼굴로 흐느적흐느적 돌아와, 잤는데, 한번은 어린 댄서풍의 사람을 데리고 와서 천하의 나오지도 약간 멋쩍은 듯하고 있기에,

"오늘은 나, 도쿄에 가도 되겠니? 친구 집에 오랜만에 놀러 가보고 싶어. 두 밤이나 세 밤 자고 올 테니, 네가 집을 봐. 밥은 저 분에게 부탁하면 되겠네."

나오지의 약점을 지체하지 않고 파고들어, 이른바 뱀처럼 지혜롭게 나는 백에 화장품과 빵 등을 쑤셔넣고, 극히 자연스럽게 그 사람을 만나러 상경할 수 있었다.

도쿄 교외, 쇼센(省線)[65] 오기쿠보 역의 북쪽 출구에서 내려, 거기서 20분쯤 정도면 그 사람이 패전 후에 새로 옮긴 집에 도착할 수 있는 듯하다는 사실은 나오지에게서 전에 넌지시 들어놓은 터였다.

북풍이 세게 부는 날이었다. 오기쿠보 역에 내려섰을 무렵에는 벌써 주위가 어둑어둑했는데, 나는 오가는 사람들을 붙잡아서는 그 사람의 주소를 말하고 그 방향을 물으며 1시간 가까이 어두운 교외의 골목을 돌아다니다

65 민영화 이전에 공공기관에서 관리하던 노선.

가, 너무나도 불안해서 눈물이 나왔고 그러는 동안 자갈길의 돌에 발이 걸려 나막신의 끈이 뚝 끊어져 어떻게 해야 할지 멈춰 섰는데, 문득 오른쪽에 있는 니켄나가야(二軒長屋)[66] 가운데 한 집의 문패가 밤눈에도 하얗게 어렴풋이 떠올랐고, 거기에 우에하라라고 적힌 듯한 기분이 들어, 한쪽 발은 버선만 신은 채 그 집의 현관으로 달려가서 다시 문패를 잘 보니, 틀림없이 우에하라 지로라고 적혀 있었지만, 집 안은 어두웠다.

어쩔까, 라며 다시 잠깐 멈춰 섰다가, 몸을 던지는 기분으로 현관의 격자문에 쓰러지듯 찰싹 달라붙어서,

"여보세요."

라고 말하고, 두 손의 손가락 끝으로 격자를 쓰다듬으며,

"우에하라 씨."

라고 작은 목소리로 속삭여보았다.

대답은, 있었다. 하지만 그것은 여자의 목소리였다.

현관문이 안에서 열리고, 갸름한 얼굴에 고풍스러운 냄새가 나는, 나보다 서너 살 위인 듯한 여자가 현관의 어둠 속에서 살포시 웃으며,

"누구세요?"

66 1채의 건물을, 2세대가 벽을 사이에 두고 생활하는 서민 집합주택.

라고 묻는 그 말의 어감에는 어떤 악의도 경계도 없었다.

"아니요, 저기."

하지만 나는 내 이름을 말하지 못했다. 이 사람에게만은 나의 연애도 기묘하게 떳떳하지 못한 듯 여겨졌다. 쭈뼛쭈뼛, 거의 비굴하게,

"선생님은 안 계신가요?"

"네."

라고 대답하고 딱하다는 듯 내 얼굴을 보며,

"하지만 간 곳은 대충……."

"먼가요?"

"아니요."

라며 우습다는 듯 한손을 입에 대시고,

"오기쿠보예요. 역 앞의, '시라이시'라는 오뎅집에 가시면 대충, 간 곳을 알 수 있을 거예요."

나는 펄쩍 뛸 듯한 기분으로,

"아, 그런가요."

"어머, 신발의 끈이."

권하시기에 나는 현관 안으로 들어가 마루 끝에 앉았고, 사모님으로부터 경편(輕便) 끈이라고 해야 할지, 끈이 끊어졌을 때 간단히 수선할 수 있는 가죽 끈을 받아 나막신을 손보았는데, 그 사이에 사모님은 초를 밝혀 현관으로 가져다주시면서,

“마침 전구가 2개 모두 끊어져버려서요. 요즘 전구는 엄청 비싼 데다가 잘 끊어져서 좋지 않아요. 남편이 있으면 사다줄 텐데, 어젯밤도, 그젯밤도 들어오지 않았기에 저희는 오늘로 세 밤째 무일푼으로 일찍 자고 있어요.”
라고 참으로 한가롭게 웃으며 말씀하셨다. 사모님의 뒤로는 열두어 살쯤의 눈이 커다란, 좀처럼 사람을 따를 것 같지 않을 듯한 느낌의 홀쭉한 여자아이가 서 있었다.

적. 나는 그렇게 생각하지 않지만 그러나, 이 사모님과 아이는 언젠가는 나를 적이라고 생각하며 미워하는 일이 있을 것임에 틀림없다. 그렇게 생각하자 나의 연애도 단번에 깨져버린 듯한 느낌이 들어, 나막신의 끈을 갈아끼우고 일어서서 탁탁 손을 부딪쳐 두 손의 먼지를 털며, 쓸쓸함이 맹렬하게 몸 주위로 밀려오는 듯한 기분을 견딜 수가 없어서, 방으로 달려 올라가 새카만 어둠 속에서 사모님의 손을 잡고 울어버릴까, 흔들흔들 크게 동요했지만, 문득, 그 후 나의 맨숭맨숭하고 뭐라 형용할 수 없이 맥 빠진 모습을 생각하고 싫어서져,

“고맙습니다.”
라고만 정중하게 인사를 하고 밖으로 나와, 북풍을 맞으며 전투, 개시. 사랑한다, 좋아한다, 그립다. 정말로 사랑한다, 정말로 좋아한다, 정말로 그립다. 사랑하니 어쩔 수 없다, 좋아하니 어쩔 수 없다, 그리우니 어쩔 수 없다.

그 사모님은 틀림없이 보기 드물게 좋은 분, 그 따님도 아름답다. 하지만 나는 신의 심판대 위에 세워진다 해도, 조금도 나를 떳떳하지 않다고는 생각지 않는다. 사람은 사랑과 혁명을 위해서 태어난 것이다. 신도 벌하실 리가 없다, 나는 조금도 나쁘지 않다. 정말로 좋아하는 것이니 매우 당당하다. 그 사람을 한번 만날 때까지, 두 밤이고 세 밤이고 노숙해서라도, 반드시.

역 앞에 있는 시라이시라는 오뎅집은 바로 찾아냈다. 하지만 그 사람 거기에 없었다.

"아사가야에 계실 거예요, 틀림없이. 아사가야 역의 북쪽 출구를 똑바로 가시다, 글쎄요, 1정 반[67]쯤일까? 철물점이 있으니 말이죠, 거기서 오른쪽으로 들어가서, 반 정쯤이려나? '야나기야'라는 요릿집이 있는데 말이죠, 선생님이 요즘은 야나기야의 오스테 씨와 아주 뜨거워서 늘 거기에 죽치고 있는데, 못 말리겠다니까요."

역으로 가서 표를 사서 도쿄 행 쇼센을 타고 아사가야에서 내려, 북쪽 출구, 약 1정 반, 철물점이 있는 곳에서 오른쪽으로 꺾어져 반 정, 야나기야는 조용했다.

"조금 전에 나가셨는데, 여럿이서, 지금부터 니시오

67 길이의 단위. 1정은 약 109m.

기에 있는 지도리 아주머니의 집에 가서 밤새도록 마시세, 라고 말씀하셨어요."

나보다 어리고, 차분하고, 품위 있고, 친절한 이 사람이 그, 오스테 씨라는 그분과 아주 뜨겁다는 사람일까.

"지도리? 오기쿠보의 어디쯤?"

불안해서 눈물이 날 것 같았다. 나는 지금 미쳐버린 것이 아닐까, 라고 문득 생각했다.

"잘은 모르겠지만요, 아마도 니시오기 역에서 내려 남쪽 출구의, 왼쪽으로 들어간 곳이라고 하던데 어쨌든, 파출소에 물어보면 알 수 있지 않을까요? 어차피 한 집만으로는 성에 차지 않는 사람이니 지도리로 가기 전에 또 어딘가에서 한잔 걸치고 있을지도 몰라요."

"지도리로 가보겠습니다. 안녕히 계세요."

다시, 왔던 길로. 아사가야에서 다치카와 행 쇼센을 타고, 오기쿠보, 니시오기쿠보, 역 남쪽 출구에서 내려, 북풍을 맞으며 돌아다니다 파출소를 발견해서 지도리의 방향을 묻고 가르쳐준 대로 밤길을 달리듯 가서 지도리의 파란 등롱을 찾아내, 망설이지 않고 격자문을 열었다.

토방이 있고, 그다음 바로 6첩 정도의 방이 있는데, 담배연기가 뿌옇고, 열 명 정도의 사람들이 방의 커다란 탁자를 둘러싸고 왁자지껄 굉장히 떠들며 술잔치를 벌이고 있었다. 나보다 어려 보이는 정도의 아가씨도 3명

섞여서 담배를 피우고 술을 마시고 있었다.

나는 토방에 서서 둘러보다가, 찾아냈다. 그리고 꿈을 꾸는 듯한 기분에 빠졌다. 달랐던 것이다. 6년. 완전히 이건 다른 사람이 되어 있었다.

이게, 그, 나의 무지개, M·C. 내 삶의 보람인, 그 사람인 걸까. 6년. 봉발(蓬髮)은 예전 그대로이지만 가엾게도 갈색으로 바랬으며 숱이 줄었고, 얼굴은 누렇게 부었고, 눈가가 벌겋게 짓무르고, 앞니가 빠져버려서 쉴 새 없이 입을 우물우물 거려 한 마리의 늙은 원숭이가 등을 둥그렇게 말고 방구석에 앉아 있는 듯한 느낌이었다.

아가씨 가운데 한 사람이 나를 이상히 여겨 눈으로 우에하라 씨에게 내가 왔다는 사실을 알렸다. 그 사람은 앉은 채 갸름한 목을 늘려 나를 보고 아무런 표정도 없이 턱으로 올라오라는 신호를 보냈다. 자리에 있던 사람들은 내게 아무런 관심도 없다는 듯 떠들썩하게 계속 소란을 피우며 그래도 조금씩 자리를 좁혀 우에하라 씨 바로 오른쪽 옆에 내 자리를 만들어주었다.

나는 말없이 앉았다. 우에하라 씨는 내 컵에 술을 넘실넘실 가득 부어준 다음 자신의 컵에도 술을 따라 가득 채우더니,

"건배."

라고 갈라진 목소리로 낮게 말했다.

두 사람의 컵이 힘없이 닿아 쨍그랑 하는 슬픈 소리가 났다.

기요틴, 기요틴, 슈슈슉, 하고 누군가가 말하자 거기에 응해서 또 한 사람이, 기요틴, 기요틴, 슈슈슉, 하고 말했고, 쨍그랑 소리 높게 컵을 부딪친 뒤 벌컥벌컥 마셨다. 기요틴, 기요틴, 슈슈슉, 기요틴, 기요틴, 슈슈슉, 하고 여기저기서 그 엉터리 같은 노래가 일더니 성대하게 컵을 부딪쳐 건배를 했다. 그런 장난스럽기 짝이 없는 리듬으로 흥을 북돋아 억지로 술을 목으로 흘려 넣는 듯했다.

"그럼, 실례."

하고 비틀거리며 돌아가는 사람이 있는가 하면, 새로운 손님이 불쑥 들어와서 우에하라 씨에게 살짝 고개를 까닥여 인사만 하고, 사람들 사이로 비집고 들어가기도 했다.

"우에하라 씨, 거기 말이죠. 우에하라 씨, 거기의 말이죠, 아아아, 하는 부분 말인데요. 그건 어떤 식으로 말하면 되나요? 아, 아, 아, 인가요? 아아, 아, 인가요?"

라고 몸을 내밀며 물은 사람은 틀림없이 나도 그 무대에서의 모습을 기억하고 있는 신극배우 후지타였다.

"아아, 아. 아아, 아, 지도리의 술은 싸지 않아, 하는 식이야."

라고 우에하라 씨.

"돈 얘기만 하셔."
라고 아가씨.

"2마리 참새구이는 1센이라는 건, 그건 비싼 겁니까? 싼 겁니까?"
라고 젊은 신사.

"한 푼도 남김없이 다 갚기 전에는[68], 이라는 말도 있고, 한 사람에게는 금 다섯 달란트, 한 사람에게는 두 달란트, 한 사람에게는 한 달란트[69]라는 아주 번거로운 비유도 있으니, 그리스도도 계산은 아주 세세해."
라고 다른 신사.

"게다가 그 녀석은 술꾼이었어. 묘하게 성경에는 술에 대한 비유가 많다고 생각했는데, 아니나 달라, 보라, 술을 좋아하는 사람, 이라고 비난당했다고 성경에 기록되어 있어. 술을 마시는 사람이 아니라 술을 좋아하는 사람이라고 했으니, 틀림없이 상당히 많이 마시는 사람이었을 거야. 적어도 한 되는 마시지 않았을까?"
라고 또 한 명의 신사.

"그만둬, 그만둬. 아아, 아, 너희는 도덕이 두려워 예수를 핑계 삼으려 하는구나. 지에 짱, 마시자. 기요틴, 기

68 마태복음 5장 26절.
69 마태복음 25장 15절.

요틴, 슈슈슉."

하고 우에하라 씨, 가장 젊고 아름다운 아가씨와 쨍그랑 세게 컵을 부딪친 다음 벌컥 마셨는데, 술이 입가에서 방울방울 떨어져 턱이 젖자, 그것을 화가 난다는 듯 거칠게 손바닥으로 닦고, 그런 다음 커다란 재채기를 다섯 번이고 여섯 번이고 연달아 했다.

나는 가만히 일어나 옆방으로 가서 환자처럼 창백하고 마른 안주인에게 화장실을 물어, 다시 돌아오는 길에 그 방을 지나는데, 조금 전의 가장 아름답고 젊은 지에짱이라는 아가씨가 나를 기다렸다는 듯이 서 있다가,

"배가 고프지 않으신가요?"

라고 친한 사람처럼 웃으며 물었다.

"네, 하지만 저, 빵을 가지고 왔거든요."

"아무것도 없긴 한데……."

하고 환자 같은 안주인이 몸이 무겁다는 듯 옆으로 비스듬히 앉아 기다란 화로에 기댄 채 말했다.

"이 방에서 식사를 하세요. 저런 술꾼들을 상대하다가는 밤새도록 아무것도 먹을 수 없을 테니. 앉으세요, 여기에. 지에코 씨도 같이."

"이봐, 기누 짱, 술이 없어."

라고 옆방에서 신사가 외쳤다.

"네, 네."

라고 대답하며, 그 기누 짱이라는 서른 전후의 세련된 줄무늬 옷을 입은 하녀가 술병을 쟁반에 10병 정도 얹어 부엌에서 나타났다.

"잠깐."

하고 안주인이 불러세운 뒤,

"여기에도 두 병."

하고 웃으며 말하고,

"그러고 말이지, 기누 짱, 미안하지만, 뒷집 '스즈야'에 가서 우동 두 그릇, 서둘러서."

나와 지에 짱은 기다란 화로 옆에 나란히 앉아 손을 쬐고 있었다.

"방석을 까세요. 추워졌네요. 마시지 않을래요?"

안주인은, 자신의 잔에 술병의 술을 따르고, 그다음 다른 두 개의 잔에도 술을 따랐다.

그리고 우리 세 사람은 말없이 마셨다.

"모두들 술이 센가보네."

라고 안주인이 어딘가 차분한 목소리로 말했다.

드르륵 바깥 문 열리는 소리가 나더니,

"선생님, 가져왔어요."

라는 젊은 남자의 목소리가 들리고,

"워낙 우리 사장은 깍쟁이 같은 사람이라서요, 2만 엔이라고 버텨봤지만 겨우 1만 엔."

"수표야?"

라고 우에하라 씨의 갈라진 목소리.

"아니요, 현금박치기요. 죄송합니다."

"어쨌든 상관없어. 영수증을 쓰지."

기요틴, 기요틴, 슈슈슉, 하는 건배의 노래가 그러는 사이에도 술자리에서 끊임없이 계속되었다.

"나오 씨는?"

하고 안주인이 진지한 얼굴로 지에 짱에게 물었다. 나는 가슴이 덜컥 내려앉았다.

"몰라요. 나오를 지키는 사람도 아니고."

라며 지에 씨는 당황해서 얼굴을 가엾을 정도로 붉히셨다.

"요즘 뭔가 우에하라 씨하고 좋지 않은 일이라도 있었던 거 아니야? 언제나 반드시 함께였는데."

라고 안주인이, 차분하게 말했다.

"댄스 쪽이 좋아져버렸대요. 댄서 애인이라도 생겼나 보죠."

"나오 씨도 참……. 술에다 또 여자라니, 못 말리겠네."

"선생님이 가르쳐준 걸요, 뭐."

"하지만 나오 씨 쪽이 더 안 좋아. 그런 몰락한 도련님은……."

"저기."

나는 미소 지으며 껴들었다. 입을 다물고 있으면 오

히려 이 두 사람에게 실례가 되리라 생각했던 것이었다.

"저, 나오지의 누나예요."

안주인은 놀란 듯 내 얼굴을 다시 보았으나, 지에 짱은 태연하게,

"얼굴이 아주 닮았어요. 저 토방의 어두운 곳에 서 계신 것을 보고, 깜짝 놀랐어요. 나오 씨인가 하고."

"그러신가요?"

라고 안주인이 말투를 바꾸어,

"이렇게 누추한 곳에 잘도. 그래서? 우에하라 씨하고는, 전부터?"

"네, 6년 전에 만나서……."

말끝을 흐리고 고개를 숙이는데 눈물이 날 것 같았다.

"기다리셨죠."

하녀가 우동을 들고 왔다.

"드세요. 따뜻할 때."

라고 안주인이 권했다.

"잘 먹겠습니다."

우동의 김에 얼굴을 들이밀고 후루룩 우동을 먹으며 나는 바로 지금 살아 있다는 사실의 쓸쓸함, 그 극한을 맛보고 있는 것 같다는 느낌이 들었다.

기요틴, 기요틴, 슈슈슉, 기요틴, 기요틴, 슈슈슉, 하고 낮게 되뇌며 우에하라 씨가 우리들 방으로 들어와 내 옆

에 털썩 양반다리를 하고 앉아 말없이 안주인에게 커다란 봉투를 건네주었다.

"이것만 주고 나중에 딴소리하면 안 돼요."

안주인은 봉투 안을 보지도 않고 그것을 긴 화로의 서랍에 넣은 뒤 웃으며 말했다.

"가져올게. 다음 지불은 내년이야."

"그런 말씀을."

1만 엔. 그것만 있어도, 전구를 몇 개 살 수 있을지. 나도 그 정도 있으면 1년 정도 살아갈 수 있다.

아아, 어딘가 이 사람들은 잘못되어 있어. 하지만 이 사람들도 내 사랑과 마찬가지로 이렇게라도 하지 않으면, 살아갈 수 없는 걸지도 몰라. 사람은 이 세상에 태어난 이상, 아무래도 끝까지 살아내지 않으면 안 되는 것이라면 이 사람들의 이 끝까지 살아내려는 모습도 미워해서는 안 될 것일지도 모른다. 살아 있다는 것. 살아 있다는 것. 아아, 그건 얼마나 견디기 어렵고 숨조차 끊어질 듯한 일대 사업이란 말인가.

"어쨌든 말이지."

라고 옆방의 신사가 말했다.

"앞으로 도쿄에서 생활해나가려면 반드시 안녕하쇼, 라는 경박하기 짝이 없는 인사를 천연덕스럽게 할 수 있지 않으면 안 돼. 지금의 우리에게 중후함이네, 성실함이네, 그런 미덕을 요구하는 건, 목매단 사람의 다리를 잡아당기는 것과 같은 일이야. 중후? 성실? 퉤, 흥이야. 살아갈 수가 없잖아. 만약 말이지, 안녕하쇼를 가볍게 말할 수 없다면 나머지는 길이 3갈래밖에 없어. 하나는 귀농이야, 그다음은 자살, 나머지 하나는 여자의 기둥서방이지."

"그중 아무것도 하지 못하는 가엾은 녀석에게는 그나마 마지막, 유일한 수단."

하고 다른 신사가,

"우에하라 지로의 등을 쳐서, 퍼마시기."

기요틴, 기요틴, 슈슈슉, 기요틴, 기요틴, 슈슈슉.

"잘 곳이 없지?"

라고, 우에하라 씨가 낮은 목소리로 혼잣말처럼 말했다.

"저 말인가요?"

나는 내게 대가리를 쳐든 뱀을 의식했다. 적의. 거기에 가까운 감정으로, 나는 내 몸에 힘을 주었다.

"혼숙이 가능하겠어? 추울 거야."

우에하라 씨는 나의 분노에 개의치 않고 중얼거렸다.

"안 될걸요."

라며 안주인이 참견을 하고,

"가엾잖아요."

쳇, 하고 우에하라 씨는 혀를 찬 뒤,

"그럼 이런 데 오지 않았으면 좋았잖아."

나는 입을 다물고 있었다. 이 사람은 틀림없이 나의 그 편지를 읽었다. 그리고 누구보다도 나를 사랑하고 있다고, 나는 그 사람 말의 분위기에서 얼른 깨달았다.

"어쩔 수 없군. 후쿠이 씨 집에라도, 부탁을 해봐야겠군. 지에 짱, 데려다주지 않을래? 아니, 여자들끼리만 가면 길이 위험하려나. 귀찮게 됐군. 임자, 이 사람의 신을 몰래 부엌 쪽으로 가져다 놓아줘. 내가 데려다주고 올 테니."

바깥은 한밤중의 분위기였다. 바람은 얼마간 가라앉았고, 하늘 가득 별이 반짝이고 있었다. 우리는 나란히 걸으며,

"저, 혼숙이든 뭐든 할 수 있었는데."

우에하라 씨는 졸리운 듯한 목소리로,

"응."

이라고만 말했다.

"단 둘이서만 있고 싶었던 거죠? 그렇죠?"

내가 그렇게 말하며 웃자 우에하라 씨는,

"이래서 싫다니까."

라며 입을 일그러뜨려 쓴웃음을 지었다. 나는 내가 매우 사랑받고 있다는 사실을 몸에 사무치도록 의식했다.

"꽤나 술을 드시네요. 매일 밤인가요?"

"그래, 매일 밤. 아침부터."

"맛있어요? 술이."

"맛없어."

그렇게 말하는 우에하라 씨의 목소리에 나는 어째서인지 오싹해졌다.

"일은 어떤가요?"

"틀렸어. 무엇을 써도 한심해서, 마냥 슬퍼서 견딜 수가 없어. 목숨의 황혼. 예술의 황혼. 인류의 황혼. 그것도 마음에 걸려."

"위트릴로(Maurice Utrillo)."[70]

나는 거의 무의식중에 그것을 말했다.

"아아, 위트릴로. 아직 잘도 살아 있는 모양이더군. 알코올의 망자. 시체야. 지난 10년 동안 그 녀석의 그림은 이상하게 세속적이어서, 전부 틀렸어."

"위트릴로만이 아니잖아요? 다른 마이스터(Meister, 명인)들도 전부……."

"맞아, 쇠약해졌지. 하지만 새로운 싹도 싹인 채로 쇠약해져 버렸어. 서리. 프로스트(frost). 온 세상에 때 아닌 서리가 내린 것 같아."

우에하라 씨가 내 어깨를 가볍게 안아, 내 몸은 우에하라 씨의 소매 없는 외투 자락에 감싸인 듯한 모습이 되

70 모리스 위트릴로(1883~1955). 프랑스의 인상주의 화가. 서정적인 흰색을 주조로 하여 희미한 몽마르트르의 풍경을 그렸다.

었지만, 나는 거부하지 않고 오히려 바싹 다가가 천천히 걸었다.

길가 나무의 가지. 잎이 한 장도 달려 있지 않은 가지가 가느다랗고 날카롭게 하늘을 찌르고 있어서,

"나뭇가지란, 아름다운 것이네요."

라고 나도 모르게 혼잣말처럼 중얼거렸더니,

"응, 꽃과 새카만 가지의 조화가 멋지지."

라고 약간 당황한 듯 말했다.

"아니요, 꽃도 잎도 싹도, 아무것도 달려 있지 않은 이런 가지가 좋아요. 이래봬도 틀림없이 살아 있는 거잖아요. 마른 가지와는 달라요."

"자연만은 쇠약해지지 않는다는 말인가."

그렇게 말하고 다시 심하게 재채기를 몇 번이고 몇 번이고 계속해서 했다.

"감기 아닌가요?"

"아니야, 아니야, 그렇지 않아. 사실은 이것도 나의 기묘한 버릇인데, 술의 취기가 포화점에 다다르면 바로 이런 식으로 재채기가 나와. 취기의 바로미터 같은 거야."

"사랑은?"

"응?"

"누군가 계신가요? 포화점 정도로 진전된 분이?"

"뭐야, 놀리지 마. 여자는 전부 똑같아. 까다로워서 못

써. 기요틴, 기요틴, 슈슈숙, 실은 한 명, 아니, 반 명 정도 있으려나."

"제 편지, 읽으셨나요?"

"봤어."

"대답은?"

"나는 귀족은 싫어. 아무래도 어딘가 견딜 수 없이 오만한 구석이 있어. 네 동생인 나오도 귀족치고는 아주 괜찮은 사내지만, 때로 불쑥 도저히 동조하기 어려울 만큼 시건방진 면을 보여. 나는 시골 농민의 아들이라 말이지, 이런 시냇가 옆을 지나면 반드시, 어렸을 때, 고향의 시냇가에서 붕어를 낚던 일이나 송사리를 잡던 일이 떠올라 견딜 수 없는 기분이 돼."

어둠 바닥에서 희미한 소리를 내며 흐르는 시냇가를 따라서 난 길을 우리는 걷고 있었다.

"하지만 너희들 귀족은 그런 우리의 감상을 절대로 이해하지 못할 뿐만 아니라, 경멸하고 있어."

"투르게네프는?"

"그 녀석도 귀족이야. 그래서 싫어."

"하지만 《사냥꾼의 수기》……."

"응, 그것만은 조금 봐줄 만해."

"그건 농촌 생활의 감상……."

"그 녀석은 시골 귀족, 이라는 정도로 타협을 해둘까."

"저도 지금은 시골사람이에요. 밭을 일구고 있어요. 시골의 가난한 사람."

"지금도 나를 좋아하나?"

거친 말투였다.

"내 아이를 갖고 싶나?"

나는 대답하지 않았다.

바위가 굴러 떨어지는 듯한 기세로 그 사람의 얼굴이 다가와 마구잡이로 내게 키스를 했다. 성욕의 냄새가 나는 키스였다. 나는 그것을 받아들이며 눈물을 흘렸다. 굴욕의, 억울함의 눈물과 비슷한 쓰라린 눈물이었다. 눈물은 끝도 없이 눈에서 넘쳐나 흘러내렸다.

다시, 둘이서 나란히 걸으며,

"실수를 했어. 반해버렸어."

라고 그 사람은 말하고 웃었다.

하지만 나는 웃을 수가 없었다. 눈썹을 찌푸리고 입을 오므렸다.

어쩔 수가 없다.

말로 표현하자면, 그런 느낌이었다. 나는 내가 나막신을 끌며 거친 걸음걸이로 걷고 있다는 사실을 깨달았다.

"실수를 했어."

라고 그 사내는 다시 말했다.

"갈 데까지 가볼까?"

"아니꼽네요."

"이 녀석."

우에하라 씨는 내 어깨를 툭 때리고 다시 커다란 재채기를 했다.

후쿠이 씨라는 분의 집에서는 모두가 이미 잠자리에 든 모양이었다.

"전보, 전보. 후쿠이 씨, 전보 왔어요."
라고 커다란 목소리로 말하며 우에하라 씨는 현관의 문을 두드렸다.

"우에하라인가?"
라고 집 안에서 남자의 목소리가 났다.

"그래. 프린스와 프린세스가 하룻밤 잠자리를 청하러 왔어. 원 이렇게 추우면 재채기만 나와서 기껏 벌인 사랑의 여행도 코미디가 되어버린다니까."

현관문이 안쪽에서부터 열렸다. 꽤나 지긋한, 쉰 살은 넘었을 법한 벗겨진 머리에 작은 체구의 할아버지가 화려한 파자마를 입고 이상하게 수줍어하는 듯한 미소로 우리를 맞았다.

"부탁하네."
라고 우에하라 씨는 한마디 한 뒤 망토도 벗지 않고 냉큼 집 안으로 들어가,

"아틀리에는 추워서 싫어. 2층을 빌리겠네. 이리와."

내 손을 잡고 복도를 지나 막다른 곳에 있는 계단을 오르더니, 어두운 방으로 들어가서 방의 구석에 있는 스위치를 딸깍 비틀었다.

"요릿집의 방 같네요."

"응, 벼락부자 취향이야. 하지만 저런 엉터리 환쟁이한테는 과분하지. 악운이 강해서 재난도 당하지 않았어. 이용하지 않을 수 없지. 그만 자자. 자."

당신의 집인 것처럼 멋대로 벽장을 열어 이불을 꺼내 깔고,

"여기서 자. 나는 돌아갈 테니. 내일 아침, 데리러 올게. 변소는 계단을 내려가서 바로 오른쪽이야."

우당탕 계단에서 굴러 떨어지듯 요란스럽게 밑으로 내려가더니 그것을 마지막으로, 조용해졌다.

나는 다시 스위치를 비틀어 전등을 끄고, 예전에 아버지가 외국에 다녀오시며 선물로 주신 천으로 만든 벨벳 코트를 벗고, 허리띠만을 풀러 기모노를 입은 채 이부자리에 들어갔다. 피곤한 데다, 술을 마신 탓인지 몸이 나른해서 곧 얼핏 잠이 들었다.

어느 틈엔가, 그 사람이 내 옆에 누워 있어서……나는 1시간 가까이 필사적으로 무언의 저항을 했다.

문득 가여워져서, 포기했다.

"이렇게 하지 않으면 안심이 안 되시는 거죠?"

"뭐, 그런 셈이지."

"당신, 몸이 안 좋은 거 아닌가요? 객혈을 했죠?"

"어떻게 알았지? 사실은 얼마 전에 상당히 심한 걸 했지만, 누구에게도 말하지 않았어."

"어머니가 돌아가시기 전과 같은 냄새가 나는 걸요."

"죽을 심정으로 마시고 있는 거야. 살아 있는 것이 슬퍼서 견딜 수가 없어. 외로움이네, 쓸쓸함이네, 그런 한가로운 것이 아니라, 슬픈 거야. 음울한, 탄식의 한숨이 사방의 벽에서 들려올 때, 우리만의 행복이라는 게 있을 리 없잖아? 자신만의 행복도 영광도, 살아 있는 동안에는 결코 없다는 사실을 알았을 때, 사람은 어떤 기분이 드는 걸까. 노력 그런 건 단지 굶주린 야수의 먹잇감이 될 뿐이야. 비참한 사람이 너무 많아. 아니꼬운가?"

"아니요."

"사랑뿐이야. 네가 편지에서 말한 대로야."

"맞아요."

나의 그 사랑은, 사라지고 없었다.

날이 밝았다.

방이 희미하게 밝아왔고, 나는 옆에서 자고 있는 그 사람의 옆얼굴을 가만히 바라보았다. 곧 죽을 사람 같은 얼굴을 하고 있었다. 완전히 지쳐버린 얼굴이었다.

희생자의 얼굴. 고귀한 희생자.

내 사람. 나의 무지개. 마이 차일드. 얄미운 사람. 교활한 사람.

이 세상에 다시없을 정도로 아주, 아주 아름다운 얼굴인 듯 여겨지고 사랑이 새로이 되살아난 듯해서 가슴이 두근두근 그 사람의 머리를 쓰다듬으며 내 쪽에서 키스를 했다.

슬프고, 슬픈 사랑의 성취.

우에하라 씨는 눈을 감은 채 나를 안고,

"비뚤어져 있었던 거야. 나는 농부의 아들이니까."

이제 이 사람에게서 떠나지 않으리라.

"저, 지금 행복해요. 사방의 벽에서 탄식의 목소리가 들려와도, 지금 저의 행복감은 포화점이에요. 재채기가 날 정도로 행복해요."

우에하라 씨는, 후후, 웃으며,

"하지만, 벌써 늦었어. 황혼이야."

"아침이에요."

동생 나오지는, 그날 아침에 자살했다.

7

나오지의 유서.

누나.

틀렸어. 먼저 갈게.

나는 내가 왜 살아 있어야 하는지, 그것을 전혀 알지 못하겠습니다.

살아 있고 싶은 사람만은 살아 있으시라.

사람에게는 살 권리가 있는 것과 마찬가지로 죽을 권리도 있을 터입니다.

나의 이런 생각은 전혀 새로운 것도 아무것도 아니며, 이런 당연한, 그야말로 프리머티브(Primitive)한 것을 사람들은 이상하게 두려워해서 분명하게 입에 담지 않을 뿐입니다.

살아가고 싶은 사람은 무슨 짓을 해서라도 반드시 강하게 살아내야 하며, 그것은 훌륭한 일로 인간의 영관(榮

冠)이라고 할 만한 것도 틀림없이 그 부근에 있는 것일 테지만, 그러나 죽는 것도 죄는 아니라고 생각합니다.

나는, 나라는 풀은 이 세상의 공기와 태양 속에서 살기 어렵습니다. 살아가기에 무엇인가 하나가 결여되어 있습니다. 부족한 것입니다. 지금까지 살아온 것도, 그것도 벅찬 것이었습니다.

나는 고등학교에 들어가서 내가 자라온 계급과 전혀 다른 계급에서 자라온 강하고 씩씩한 풀 같은 친구들과 처음으로 사귀었고, 그 기세에 떠밀렸기에 지지 않으려고 마약을 복용하며 반미치광이가 되어 저항했습니다. 그리고 병사가 되어 거기서도 역시 살아갈 마지막 수단으로 아편을 복용했습니다. 누나는 나의 이런 기분, 모르시겠지요.

나는 비천해지고 싶었습니다. 강하게, 아니 강포(强暴)해지고 싶었습니다. 그리고 그것이, 이른바 민중의 친구가 될 수 있는 유일한 길이라고 생각했던 것입니다. 술 정도로는, 도저히 안 되었던 겁니다. 언제나, 흔들흔들 현기증이 나지 않으면 안 되었던 겁니다. 그것을 위해서는, 마약밖에 없었던 겁니다. 나는 집을 잊지 않으면 안 된다. 아버지의 피에 반항하지 않으면 안 된다. 어머니의 다정함을 거부하지 않으면 안 된다. 누나에게 차가워지지 않으면 안 된다. 그렇게 하지 않으면, 저 민중의 방에 들어

갈 입장권을 얻을 수 없다고 생각했던 것입니다.

저는 비천해졌습니다. 비천한 말을 쓰게 되었습니다. 그러나 그것의 절반은, 아니, 60퍼센트는 가엾은 고식지계(姑息之計)였습니다. 서툰 잔꾀였습니다. 민중에게 있어서 나는 역시 아니꼽고 새침을 떠는 거북한 사내였습니다. 그들은 나와 진심으로 허물없이 놀아주지는 않은 것입니다. 하지만 또 이제 와서 버렸던 살롱으로 돌아갈 수도 없었습니다. 지금까지 나의 비천함은 설령 60퍼센트는 인위적인 고식지계였다 할지라도, 하지만 나머지 40퍼센트는 진짜 비천함이 되어 있었던 것입니다. 나는 그 이른바 상류 살롱의 역겨운 고상함에는 구역질이 날 것 같아서 한시도 견딜 수 없게 되어버렸고, 또 그 훌륭하신 양반들, 높은 양반들이라 불리는 사람들도 나의 예의 없음에 질려버려서 바로 내쫓았을 겁니다. 버린 세계로 돌아갈 수도 없고, 민중으로부터는 악의로 가득 찬 더럽게 정중한 방청석을 부여받았을 뿐입니다.

어느 시대에서나 나처럼 이른바 생활력이 약하고 결함이 있는 풀은, 사상이고 나발이고 없이 그저 저절로 소멸할 뿐인 운명을 가진 자일지 모르겠으나, 그러나 내게도 조금은 하고 싶은 말이 있습니다. 내게는 도저히 살아가기 어려운, 사정을 느끼고 있습니다.

인간은 모두 똑같다.

이건 과연 사상일까요? 나는 이 신비한 말을 발명한 사람은 종교가도 철학자도 예술가도 아니라고 생각합니다. 민중의 술집에서 솟아오른 말입니다. 구더기가 끓어오르듯 언제, 누가 말했는지도 모르게, 꼬물꼬물 솟아나, 전 세계를 덮어 세계를 거북한 것으로 만들어버렸습니다.

이 신비한 말은 민주주의와도, 또 마르크시즘과도 전혀 관계가 없는 것입니다. 그건 분명히 술집에서 추남이 미남에게 던진 말입니다. 단순한 짜증입니다. 질투입니다. 사상도 그 무엇도, 담겨 있지 않습니다.

하지만 그 술집에서의 질투 섞인 호통이 묘하게 사상을 띤 듯한 얼굴을 하고 민중 사이를 누비며 돌아다녀, 민주주의와도 마르크시즘과도 전혀 관계가 없는 말임에도 불구하고 언제부턴가 그 정치사상과 경제사상에 엉겨붙어 기묘하게 저열한 것으로 만들어버린 것입니다. 메피스토펠레스도 이렇게 터무니없이 함부로 지껄인 말을 사상으로 바꿔치는 대담한 행동만은 과연 양심에 부끄러워서 주저했을지도 모릅니다.

인간은 모두 똑같다.

이 얼마나 비굴한 말인지. 사람을 경멸하고 동시에 스스로도 경멸해서 아무런 자부심도 없이 모든 노력을 포기하게 만드는 말. 마르크시즘은 일하는 자의 우위를 주장한다. 똑같다고는 하지 않는다. 민주주의는 개인의 존엄을 주장한다. 똑같다고는 하지 않는다. 오직, 조방꾸니[71]만이 그렇게 말한다. "헤헤, 아무리 잘난 척해봐야 똑같은 인간이잖아."

어째서 똑같다고 말하는 걸까. 뛰어나다고 말하지 못하는 걸까. 노예근성의 복수.

하지만 이 말은 참으로 추잡하고, 께름칙해서, 사람들은 서로를 두려워하고, 모든 사상이 능욕당하고, 노력은 조소받고, 행복은 부정당하고, 미모는 더러워지고, 영광은 끌어내려지고, 이른바 '세기의 불안'은 이 신비한 한마디에서 생겨난 것이라고 나는 생각합니다.

혐오스러운 말이라고 생각하면서 나도 역시 이 말에 협박당해 두려워 떨며, 무엇을 해도 부끄럽고, 끊임없이 불안하고 조마조마해서 몸을 둘 곳이 없었기에, 차라리 술이나 마약의 어지럼증에 의지해 한순간의 안정을 얻고 싶어서, 그렇게 해서 엉망진창이 되어버렸습니다.

약한 것이겠지요. 어딘가 하나 중대한 결함이 있는 풀인 거겠지요. 또, 뭔가 그런 그럴싸한 이치를 늘어놓아 봤자, 아니, 원래부터 놀기를 좋아하는 거야, 게으르고

71 유곽에서 일하는 호객꾼 남자. 여기서는 세속적인 사람의 멸칭.

색을 밝히고 이기적인 쾌락아인 거야, 라고 예의 조방꾸니가 비웃으며 말할지도 모릅니다. 그리고 나는 그런 말을 들어도 지금까지는 그저 부끄러워서, 애매하게 수긍해왔습니다만, 그렇지만 나도 죽음에 앞서 한마디, 항의와 같은 것을 해두고 싶습니다.

누나.

믿어주십시오.

나는 놀면서도 조금도 즐겁지 않았던 것입니다. 쾌락의 임포텐츠(성적 불능)일지도 모르겠습니다. 나는 단지 귀족이라는 자신의 그림자에서 벗어나고 싶어서, 미치고 놀고 무절제했던 것입니다.

누나.

과연, 우리에게 죄가 있는 걸까요? 귀족으로 태어난 것은 우리의 죄일까요? 단지 그 집에서 태어났다는 것만으로 우리는 영원히, 예를 들어서 유다[72]의 가족처럼, 죄송스러워하고 사죄하고 부끄러워하며 살아가지 않으면 안 된다.

나는 좀 더 일찍 죽어야만 했다. 하지만 딱 한 가지, 엄마의 애정. 그것을 생각하면 죽을 수가 없었다. 인간은

72 열두 제자 가운데 한 사람. 예수를 배신했기에 예수가 십자가에 매달리게 되었다. 후에 후회하고 자살.

자유롭게 살아갈 권리를 가지고 있는 것처럼, 언제라도 자기 마음대로 죽을 권리도 가지고 있지만, 그러나 '어머니'가 살아 있는 동안에는 그 죽음의 권리는 보류되어야 한다고 나는 생각하고 있습니다. 그것은 동시에 '어머니'까지도 죽이는 일이 되어버리기 때문입니다.

이제는 더는, 내가 죽어도 몸을 망칠 만큼 슬퍼할 사람도 없고, 아니, 누나, 나는 알고 있습니다. 나를 잃은 당신들의 슬픔이 어느 정도일지, 아니, 허식적인 감상은 그만두기로 합시다. 당신들은 나의 죽음을 알면 틀림없이 우시겠지만, 그러나 나의 살아 있는 괴로움과, 그리고 그 혐오스러운 생에서 완전히 해방될 나의 기쁨을 생각해 주신다면, 당신들의 그 슬픔은 점차로 사라져갈 것이라 여겨집니다.

나의 자살을 비난하고, 끝까지 살아남았어야 했다고 내게 아무런 도움도 주지 않고 말만 하면서 그럴 듯한 얼굴로 비판하는 사람은, 폐하께 과일가게를 여시라고 아무렇지도 않게 권할 수 있을 정도로 대단한 위인임에 틀림없을 것입니다.

누나.

나는 죽는 게 낫습니다. 내게는 이른바 생활능력이 없습니다. 돈 문제로 남들과 싸울 힘이 없습니다. 나는 남의 등을 치는 일조차도 할 수 없습니다. 우에하라 씨와 놀 때도 내 몫의 계산은 언제나 내가 지불해왔습니다. 우에하라 씨는 그것을 귀족의 쩨쩨한 프라이드라며 아주 싫어했지만, 그러나 나는 프라이드 때문에 지불한 것이 아니라, 우에하라 씨가 일해서 번 돈으로 내가 쓸데없이 먹고 마시고 여자를 품다니, 두려워서, 도저히 그럴 수 없었던 것입니다. 우에하라 씨의 일을 존경하고 있기 때문, 이라고 간단히 잘라 말해버려도 거짓말입니다. 나도 사실은 분명하게 알고 있지 못합니다. 단지 남에게 얻어먹는 것이, 왠지 무섭습니다. 특히나 그 사람 자신의 솜씨 하나로 얻은 돈으로 얻어먹는다는 것은 괴롭고 마음이 고통스러워서, 견딜 수가 없습니다.

그랬기에 그냥 그저, 우리 집에서 돈이나 물건을 가지고 나와서 엄마와 누나를 슬프게 하고, 나 자신도 조금도 즐겁지 않아, 출판업 따위 계획한 것도 단지 부끄러움을 감추기 위한 겉치레로, 사실은 조금도 진심이 아니었습니다. 진심으로 했다 한들, 남에게 얻어먹지조차 못하는 사내가 돈을 벌다니, 도저히 도저히 가능할 리 없다는 것은 내가 아무리 어리석다 해도 그 정도의 일은 알고 있습니다.

누나.

우리는, 가난해지고 말았습니다. 살아 있는 동안에는 남들에게 베풀고 싶었지만, 이제 남들에게 얻어먹지 않으면 살아갈 수 없게 되었습니다.

누나.

이렇게 되었는데 나는, 왜 살아 있지 않으면 안 되는 걸까요? 이젠 틀렸습니다. 나는 죽겠습니다. 편안히 죽을 수 있는 약이 있습니다. 군대에 있을 때 손에 넣어둔 것입니다.

누나는 아름답고(나는 아름다운 어머니와 누나를 자랑스럽게 여기고 있었습니다) 그리고 현명하니, 나는 누나에 대해서는 무엇도 걱정하고 있지 않습니다. 걱정 같은 거 할 자격조차 내게는 없습니다. 도둑놈이 피해자의 처지를 걱정해주는 것과 같은 것으로, 부끄러울 따름입니다. 틀림없이 누나는 결혼해서 아이를 낳아서 남편에게 의지해 살아내지 않을까, 나는 그리 생각하고 있습니다.

누나.

내게 한 가지 비밀이 있습니다.

오랜 세월 숨기고 숨겨왔던, 전장에서도 그 사람을 깊이 생각했기에 그 사람의 꿈을 꾸다 눈을 뜨면 울상을 지었던 적도 몇 번이었는지 모릅니다.

그 사람의 이름은 도저히 누구에게도, 입이 찢어져도 말할 수가 없습니다. 나는 지금 죽을 거니 하다못해 누나에게만이라도 분명하게 말해둘까, 하고 생각했으나 역시, 아무래도 무서워서 그 이름을 말할 수가 없습니다.

하지만 나는 그 비밀을 절대비밀인 채로, 끝내 이 세상에서 누구에게도 밝히지 않고 가슴속에 담아두고 죽으면 내 몸이 화장되어도 가슴속만은 비릿하게 타다 남을 듯한 기분이 들어 불안으로 견딜 수 없기에, 누나에게만 에둘러서 희미하게, 픽션처럼 해서 말해두겠습니다. 픽션이라고 해도, 그러나 누나는 틀림없이 그 상대방이 누구인지 깨달을 것입니다. 픽션이라기보다는 그저, 가명을 쓰는 정도의 눈속임이니.

누나는, 알고 있으려나?

누나는 그 사람을 알고 있을 테지만, 그렇지만 아마도 만난 적은 없을 겁니다. 그 사람은 누나보다 조금 나이가 많습니다. 홑겹의 눈꺼풀에 눈꼬리가 치켜올라가 있고 머리는 파마를 한 적이 없고, 언제나 힘껏 뒤로 당겨 묶은 머리, 라고 해야 하는 건지, 그런 수수한 머리모양으로, 그리고, 아주 초라한 복장인데, 그렇지만 볼품없는 차림은 아니고 언제나 단정하게 입어서, 청결합니다. 그 사람은 패전 후 새로운 터치의 그림을 차례차례로 발표해서 갑자기 유명해진 한 중년 서양화가의 부인으로, 그 서양화가의 행실은 매우 난폭하고 거친 것인데도 그 부인은 침착함을 가장하여 언제나 우아하게 미소 지으며 살아가고 있습니다.

저는 자리에서 일어나,

"그럼, 돌아가겠습니다."

그 사람도 자리에서 일어나 아무런 경계심도 없이 내 옆으로 다가와서 내 얼굴을 올려다보며,

"어째서?"

라고 평소와 다름없는 목소리로 말하고, 정말 이해할 수 없다는 듯 머리를 약간 갸웃하며, 한동안 내 눈을 계속 바라보았습니다. 그런데 그 사람의 눈에 아무런 사심도 없고 허식도 없고, 나는 여자와 시선이 마주치면 당황해서 시선을 돌려버리는 성격이지만, 그때만은 조금도 수줍음을 느끼지 않고, 두 사람의 얼굴이 30센티미터 정도의 간격에서, 60초 그 이상 아주 좋은 기분으로 그 사람의 눈동자를 바라보다, 마침내 미소를 지어버리고,

"하지만……."

"곧 돌아올 거예요."

라고 역시 진지한 얼굴로 말했습니다.

정직이란, 이런 느낌의 표정을 말하는 것이 아닐까, 라고 문득 생각했습니다. 그건 수신(修身, 도덕)교과서에서 볼 수 있는 위압감을 주는 덕이 아니라, 정직이라는 말로 표현된 본래의 덕은 이렇게 사랑스러운 것이 아니었을까, 라고 여겨지는 것이었습니다.

"또 오겠습니다."

"그래요?"

처음부터 끝까지, 하나같이 전부 별것도 아닌 대화였습니다. 내가 어떤 여름날 오후, 그 서양화가의 아파트를 찾아갔는데 서양화가는 부재중이고, 하지만 곧 돌아올 테니, 들어와서 기다리시죠? 라는 사모님의 말에 따라 방으로 들어가서, 30분 정도 잡지 등을 읽다가 돌아올 것 같지도 않았기에 자리에서 일어나, 그만 가겠다고 인사를 했다, 그게 전부였습니다만, 나는 그날의 그때의 그 사람의 눈동자에 괴로운 사랑을 해버린 것입니다.

고귀, 라고 말하면 되는 걸까요. 내 주위의 귀족 중에는, 엄마는 그렇다 쳐도, 그런 경계심 없고 '정직'한 눈의 표정을 지을 수 있는 사람은, 한 사람도 없었다는 사실만은 단언할 수 있습니다.

그리고 나는 어느 겨울 저녁, 그 사람의 옆얼굴에 감동을 받은 적이 있었습니다. 역시 그 서양화가의 아파트에서, 서양화가에게 붙들려 고타쓰에 들어가서 아침부터 술을 마시며 서양화가와 함께, 일본의 이른바 문화인들을 형편없이 헐뜯고 자지러지게 웃다가 마침내 서양화가는 쓰러져 코를 높다랗게 골며 잠들었고 나도 누워서 깜빡 잠이 들었는데, 포근하게 담요가 덮여져 나는 실눈을 뜨고 보았더니, 겨울 도쿄의 저녁하늘은 물빛으로 맑고, 사모님은 따님을 안은 채 아파트의 창가에 무심히 앉아 있었는데, 사모님의 단정한 옆얼굴이 물빛의 먼 저녁하늘을 배경으로 저 르네상스 무렵의 프로필 그림처럼 선명하게 윤곽을 드러내며 떠올라, 내게 가만히 담요를 덮어주신 친절은, 그건 어떤 색정도 아니고 욕망도 아니고, 아아, 휴머니티라는 말은 바로 이런 때에 사용되어 소생하는 말이 아닐까. 사람이 당연히 가지고 있는 정취 있는 배려로 거의 무의식중에 행하신 것처럼 그림과 똑같은 고요한 분위기로, 멀리를 바라보고 계셨습니다.

나는 눈을 감았는데, 그립고 애가 타서 미칠 것 같은 기분이 들고 눈꺼풀 안에서 눈물이 넘쳐났기에, 담요를 머리까지 덮어버리고 말았습니다.

누나.

내가 그 서양화가의 집에 놀러 간 것은, 처음에는 그 서양화가의 작품이 가진 특이한 터치와 그 속에 숨겨진 열광적인 패션(passion)에 취했기 때문이었습니다만, 친밀한 사이가 되어감에 따라 그 사람의 교양 없음, 방자함, 너저분함에 취흥이 가셨는데, 그런데 그것과는 반비례해서, 그 사람 부인의 아름다운 심정에 이끌려, 아니, 올바른 애정을 가진 사람이 그리워서 간절해서 사모님의 모습을 한번 보고 싶어서 그 서양화가의 집에 놀러가게 되었습니다.

그 서양화가의 작품에 조금이라도 예술의 고귀한 냄새, 라고 할 수 있을 만한 것이 나타나 있다면, 그것은 사모님의 다정한 마음의 반영이 아닐까라는 생각까지, 저는 지금 하고 있습니다.

그 서양화가는 저는 이번에야말로 느낀 그대로를 분명하게 말하겠는데, 단지 술고래에 놀기 좋아하는, 교묘한 상인입니다. 놀 돈이 필요해서 그저 되는 대로 캔버스에 물감을 덕지덕지 칠하고 유행의 기운에 편승하여 잘난 척 비싸게 팔고 있는 것입니다. 그 사람이 가지고 있는 것은 촌놈의 뻔뻔함, 터무니없는 자신감, 교활한 상술, 그것뿐입니다.

아마도 그 사람은, 다른 사람의 그림은 외국인의 그림이든 일본인의 그림이든 아무것도 이해하지 못하고 있을 겁니다. 게다가 자신이 그리고 있는 그림도 뭐가 뭔지 스스로도 이해하고 있지 못할 겁니다. 오로지 유흥을 위한 돈이 필요해서, 아무 생각 없이 물감을 캔버스에 처바르고 있는 것일 뿐입니다.

그리고 더욱 놀라운 일은 그 사람은 자신의 그런 엉터리 같은 행동에 아무런 의심도, 수치도, 공포도 가지고 있지 않은 것 같다는 사실입니다.

단지 그냥 우쭐한 겁니다. 어차피 자신이 그린 그림을 스스로도 이해하지 못하는 사람이기에 타인의 작업의 좋은 점 따위 이해할 리 없으며, 오로지 헐뜯는 말, 헐뜯는 말.

즉, 그 사람의 데카당 생활은 입으로는 이러쿵저러쿵 괴로워하는 듯한 말을 하지만, 사실은 한심스러운 촌놈이 예전부터 동경하던 도시로 나와서 그 자신에게도 뜻밖이라 여겨질 정도의 성공을 거두었기에 우쭐해져서 여기저기 놀러 다니는 것일 뿐입니다.

언젠가 제가,

"친구가 모두 게을러서 놀고 있을 때 나 혼자서만 공부를 하는 것은 부끄럽고, 무서워서, 도저히 할 수 없으니 전혀 놀고 싶지 않아도 나도 친구들과 섞여 논다."

고 말했더니 그 중년의 서양화가는,

"그래? 그게 귀족 기질이라는 건가. 재수 없군. 나는 남들이 노는 것을 보고 나도 놀지 않으면 손해다, 라고 생각해서 마음껏 놀거든."

이라고 대답하고 태연했는데, 나는 그때 그 서양화가를 진심으로 경멸했습니다. 이 사람의 방탕에는 고뇌가 없다. 오히려 흥청망청 노는 것을 자랑으로 여기고 있다. 진짜 멍청이인 쾌락아(快樂兒).

하지만 그 서양화가의 험담을 이 이상 여러 가지로 늘어놓아 보아야 누나와는 관계가 없는 일이고, 또 나도 지금 죽기에 앞서 역시 그 사람과의 오랜 친분을 생각하면 그리워서, 다시 한 번 만나 놀고 싶다는 충동까지 느껴지는데, 미운 구석은 조금도 없고 그 사람도 외로움을 잘 타는, 아주 좋은 구석을 많이 가지고 있는 사람이니 더는 아무것도 말하지 않겠습니다.

그저 나는 누나가 내가 그 사람의 부인을 연모해서 갈팡질팡하고 괴로웠다는 사실만을 알아주었으면 좋겠습니다. 그러니 누나는 그 사실을 알아도 특별히 누군가에게 그 사실을 하소연해서 동생의 생전의 마음을 풀어주네 마네, 그런 아니꼬운 참견을 할 필요는 전혀 없으며, 누나 혼자서만 알고 가만히, 아아, 그랬구나, 라고 생각해주기만 한다면 그것으로 충분합니다. 욕심을 하나 더 말하자면 이런 나의 부끄러운 고백으로 하다못해 누나만이라도, 지금까지의 내 목숨의 괴로움을 더욱 깊이 이해해준다면, 굉장히 나는 기쁘게 생각할 것입니다.

나는 언젠가 부인과 서로의 손을 잡은 꿈을 꾸었습니다. 그리고 부인도 역시 훨씬 전부터 나를 좋아했었다는 사실을 알고 꿈에서 깬 뒤에도, 내 손바닥에 부인 손가락의 따뜻함이 남아 있어서, 나는 정말 여기에만 만족하고 포기해야 할 것이라고 생각했습니다. 도덕이 두려웠던 것이 아니라 내게는 그 반미치광이인, 아니, 거의 미치광이라고 해도 좋을 그 서양화가가 무서워서 견딜 수 없었던 것입니다. 포기하자 생각하고 가슴의 불을 다른 곳으로 돌리기 위해 닥치는 대로 천하의 그 서양화가도 어느 날 밤 얼굴을 찌푸렸을 정도로 형편없이, 엉망으로 여러 여자와 미친 듯이 놀았습니다. 어떻게 해서든 부인의 환영에서부터 멀어지고 잊어서 아무렇지도 않게 되려 했던 것입니다. 하지만, 쓸데없는 짓. 나는 결국 한 여자에게서만 사랑을 느끼는 성격의 남자입니다. 나는 분명하게 말하겠습니다. 나는 부인 외의 다른 여자친구를 한 번이라도 아름답다거나 사랑스럽다고 느낀 적이 없었습니다.

누나.

죽음에 앞서, 딱 한 번만 쓰게 해주십시오.

……스가.

그 부인의 이름입니다.

내가 어제, 조금도 좋아하지 않는 댄서(이 여자에게는 본질적으로 바보스러운 구석이 있습니다.) 그녀를 데리고 산장에 온 것은, 설마 오늘 아침에 죽어야겠다고 생각해서 온 것은 아니었습니다. 언젠가 가까운 시일 안에 반드시 죽을 마음으로 있기는 했으나 그러나, 어제, 여자를 데리고 산장에 온 것은 여자가 여행을 졸랐기에 나도 도쿄에서 노는 것에 지쳐 그 바보 같은 여자와 이삼일, 산장에서 쉬는 것도 나쁘지 않겠다고 생각해서, 누나를 보기에는 조금 민망했지만 어쨌든 여기로 함께 와보았더니 누나는 도쿄의 친구 집으로 갔고 그때 문득, 내가 죽을 때는 지금이다, 라고 생각했습니다.

나는 옛날부터 니시카타마치의 그 집에 있는 안쪽 방

에서 죽고 싶다고 생각했습니다. 길거리나 들판에서 죽어 구경꾼들이 시체를 만지작거리는 것은, 무슨 일이 있어도, 싫었습니다. 하지만 니시카타마치의 그 집은 남의 손에 넘어가, 지금은 역시 이 산장에서 죽을 수밖에 없으리라 생각하고 있었는데, 그러나, 나의 자살을 처음으로 발견하는 것은 누나라면, 누나는 그때 얼마나 경악하고 무서워할지를 생각하면 둘만 있는 밤에 자살하는 것은 마음이 무거워서, 도저히 그럴 수도 없었습니다.

그런데, 이 무슨 기회. 누나가 없고 그 대신 매우 둔한 댄서가, 내 자살의 발견자가 되어준다.

어젯밤, 둘이서 술을 마시고 여자를 2층의 양실에 재운 뒤 나 혼자서 엄마가 돌아가신 아래층의 방에 이불을 깔고, 이 참담한 수기를 쓰기 시작했습니다.

누나.

내게는 희망의 지반이 없습니다. 안녕히 계세요.

결국 나의 죽음은 자연사입니다. 사람은 사상만으로는 죽을 수 없는 법이니.

그리고 한 가지, 아주 부끄러운 부탁이 있습니다. 엄마의 유품인 삼베 기모노. 그걸 누나가 나오지가 내년 여름에 입을 수 있도록 하겠다며 다시 바느질을 해주셨지요? 그 기모노를 내 관에 넣어주시기 바랍니다. 나, 입고 싶었습니다.

날이 밝아오기 시작했습니다. 오랜 세월 폐를 끼쳤습니다.

안녕히 계세요.

어젯밤 술의 취기는 완전히 가셨습니다. 나는 맨정신으로 죽는 것입니다.

다시 한 번, 안녕히.

누나.

나는 귀족입니다.

8

꿈.

모두가 내게서 떠나간다.

나오지의 죽음에 대한 뒤처리를 하고, 한 달 동안, 나는 겨울의 산장에서 혼자 살았다.

그리고 나는 그 사람에게 아마도 이것이 마지막일 편지를, 물과 같은 기분으로, 써서 보냈다.

아무래도 당신 역시, 저를 버리신 듯합니다. 아니, 점점 잊고 계시는 듯합니다.

하지만 저는 행복합니다. 제 소망대로 아이가 생긴 듯합니다. 저는 지금 모든 것을 잃은 듯한 기분이 들지만, 그렇지만 배 속의 작은 생명이 제 고독한 미소의 씨앗이 되고 있습니다.

이것이 불결한 실책이라고는 아무래도 여겨지지 않습니다. 이 세상에 전쟁이네 평화네 무역이네 조합이네

정치네 하는 것이 있는 건 무엇을 위해서인지, 요즘 제게도 이해가 되기 시작했습니다. 당신은 모르시겠죠. 그렇기 때문에 언제까지고 불행한 거예요. 그건 말입니다, 가르쳐드리죠. 여자가 좋은 아이를 낳기 위해서입니다.

제게는 처음부터 당신의 인격이나 책임에 기댈 마음은 없었습니다. 제 한 줄기 사랑의 모험을 성취하는 것만이 문제였습니다. 그리고 저의 그 생각이 완성되어 지금 제 가슴속은 이제 숲 속의 연못처럼 고요합니다.

저는 이겼다고 생각하고 있습니다.

마리아가 설령 남편의 아들이 아닌 아들을 낳았다 할지라도, 마리아에게 빛나는 자부심이 있다면 그것은 성모자(聖母子)가 되는 것입니다.

제게는 낡은 도덕을 아무렇지도 않게 무시하고 좋은 아이를 얻었다는 만족감이 있습니다.

당신은 그 후로도 역시 기요틴 기요틴 하며 신사 숙녀들과 술을 마시며, 데카당 생활이라는 것을 계속하고 계시겠지요. 하지만 저는 그것을 그만두라고는 말하지 않겠습니다. 그것도 또한, 당신의 마지막 투쟁의 형식일 테니 말입니다.

술을 끊고, 병을 고쳐서, 오래 사시며 훌륭한 작업을, 이라는 그런 속이 빤히 들여다보이고 입에 발린 듯한 말은, 더는 저는 하고 싶지 않습니다. '훌륭한 작업' 같은 것보다, 목숨을 버리겠다는 심정으로 이른바 악덕생활을 계속하는 편이 후세 사람들로부터 오히려 감사의 말을 듣게 될지도 모릅니다.

희생자. 도덕적 과도기의 희생자. 당신도, 저도, 틀림없이 그것이겠지요.

혁명은 대체 어디서 행해지고 있는 걸까요? 적어도 저희 주변에서는 낡은 도덕은 역시 그대로, 조금도 변하지 않고 저희의 앞길을 가로막고 있습니다. 바다 표면의 파도는 어떤 이유로 술렁이고 있어도, 그 아래의 바닷물은 혁명은커녕 꿈쩍도 하지 않고 잠든 척 누워 있는 걸요.

하지만 저는 지금까지의 제1회전에서는 낡은 도덕을 조금이나마 밀쳐낼 수 있었다고 생각합니다. 그리고 이번에는 태어난 아이와 함께 제2회전, 제3회전을 싸울 생각입니다.

그리운 사람의 아이를 낳아 기르는 것이 제 도덕혁명의 완성인 것입니다.

당신이 저를 잊어도, 또 당신이 술 때문에 목숨을 잃어도, 저는 제 혁명의 완성을 위해서 건강하게 살아갈 수 있을 듯합니다.

당신 인격의 형편없음을 저는 얼마 전에도 어떤 사람에게서 여러 가지로 들었습니다만, 그렇지만, 제게 이런 강인함을 주신 것은 당신입니다. 제 가슴에 혁명의 무지개가 떠오르게 해주신 것은 당신입니다. 삶의 목표를 주신 것은 당신입니다.

저는 당신을 자랑스럽게 여기고 있으며, 태어날 아이에게도 당신을 자랑스럽게 여기도록 할 생각입니다.

사생아와 그 엄마.

하지만 저희는 낡은 도덕과 끝까지 싸우며, 태양처럼 살아갈 생각입니다. 모쪼록 당신도, 당신의 싸움을 계속해 나가시기 바랍니다.

혁명은 아직 조금도, 무엇도, 행해지지 않았습니다. 훨씬 더, 훨씬 더 많은 안타깝고 존귀한 희생이 필요한 듯합니다.

지금의 세상에서 가장 아름다운 것은 희생자입니다.

작은 희생자가 한 명 더 있었습니다.

우에하라 씨.

저는 이제 당신에게 그 무엇도 부탁할 마음은 없습니다만, 그렇지만 그 작은 희생자를 위해서 딱 한 가지, 허락을 해주셨으면 하는 일이 있습니다.

그건 제가 낳은 아이를 딱 한 번으로 충분하니, 당신의 사모님께서 안아주셨으면 하는 것입니다. 그리고 그때 저는 이렇게 말하겠습니다.

"이건 나오지가 어떤 여자에게 은밀하게 낳게 한 아이예요."

왜 그렇게 하려는 건지, 그것만은 누구에게도 말씀드릴 수 없습니다. 아니, 저 자신도 왜 그렇게 해주시기를 바라는 건지 잘 모릅니다. 하지만 무슨 일이 있어도 그렇게 해주시지 않으면 안 됩니다. 나오지라는 그 작은 희생자를 위해서, 무슨 일이 있어도 그렇게 해주시지 않으면 안 되는 것입니다.

불쾌하십니까? 불쾌하시더라도 참으셔야 합니다. 이것이 버림받고 잊혀가고 있는 여자의 유일하고 미미한 괴롭힘이라 생각하시고, 반드시 들어주시기 바랍니다.

M·C 마이, 코미디언

1947년 2월 7일

작가 연보

1909년 6월 19일 아오모리현 기타쓰가루군 가나기마치 오아자 가나기아자 아사히 산414에서 아버지 쓰시마 겐에몬, 어머니 다네 사이에 6남으로 태어났다. 11남매 중 10번째 자녀였다. 본명은 쓰시마 슈지. 당시 쓰시마 가는 옥호를 '야마겐'이라고 했으며, 현 굴지의 대지주였고, 아버지는 지방 명사로 활약했다.

1916년(7세)	4월에 가나기 제1심상소학교에 입학. 성적은 우수했다.
1922년(13세)	가나기 소학교를 졸업하고 학력 보충을 위해 4개 마을 조합에서 설립한 메이지 고등소학교에 1년간 통학.
1923년(14세)	3월에 아버지가 귀족원 의원(다액납세) 재임 중에 도쿄에서 사망. 4월에 아오모리 현립 아오모리 중학교에 입학. 아오모리 시내의 먼 친척집에서 통학.
1925년(16세)	이 무렵부터 작가를 지망하여, 급우들과 만든 동인지 등에 소설, 희곡, 에세이를 발표. 또 형제들끼리도 잡지를 만들었다.
1927년(18세)	4월에 중학 4년을 수료하고 히로사키 고등학교 문과 갑류(甲類)에 입학. 7월에 아쿠타가와 류노스케의 자살에 커다란 충격을 받는다. 9월에 아오모리의 게이샤 오야마 하쓰요를 알게 된다.
1928년(19세)	5월에 동인잡지 《세포문예(細胞文藝)》를 창간하고 쓰지시마 슈지라는 필명으로 〈무간나락〉을 발표(미완). 9월에 4호를 마지막으로 폐간되기까지 이부세 마스지, 후나바시 세이이치 등의 기고를 얻었다.
1929년(20세)	10월에 공산주의에 강하게 영향을 받아 11월에 〈지주일대(地主一代)〉의 집필을 시작했지만 12월, 도중에 자신의

출신계급에 괴로워하다 수면제인 칼모틴을 복용하여 자살을 시도.

1930년(21세) 3월에 히로사키 고등학교를 졸업. 4월에 도쿄 제국대학 불문과에 입학. 5월에 이부세 마스지를 처음으로 만나 이후 사사한다. 7월에 〈학생군〉을 아오모리 지방의 동인지 《좌표》에 발표(11월까지 연재하다 중단). 이 무렵부터 비합법 운동에 관계. 가을에 오야마 하쓰요가 상경하나 큰형이 상경하여 이야기를 해서 하쓰요는 일단 귀향. 11월에 긴자 카페의 여급으로 남편이 있는 다나베 시메코를 알게 되어 사흘간 함께 지낸 후, 가마쿠라군 고시고에마치 고유루기자키에서 같이 칼모틴 복용. 본인은 살아남고 여자만 사망하여 자살방조 혐의를 받았지만 기소유예 처분.

1931년(22세) 2월에 다시 상경한 오야마 하쓰요와 동거. 학교의 반제국주의 학생연맹에 가담하여 비합법운동을 적극적으로 계속했으며, 또 슈린도라는 호를 쓰며 하이쿠에 빠져드는 등, 대학에는 거의 출석하지 않았다.

1932년(23세) 봄에 비합법운동 때문에 거처를 여러 번 옮겼다. 6월에 동거하기 전 하쓰요가 범한 과실을 알고 충격을 받았다. 7월에 비합법운동을 포기하고 아오모리 경찰서에 자수, 한 달간 유치되었다. 이 무렵부터 〈추억〉을 쓰기 시작했다. 12월에 아오모리 검사국의 호출에 응해 출두.

1933년(24세) 2월에 다자이 오사무라는 필명을 처음으로 써서 〈열차〉를 《선데이 도오》에 발표. 3월에 후루야 쓰나타케, 이마 간이치, 기야마 쇼헤이 등이 시작한 동인지 《물범》에 참가하여 창간호에 〈어복기〉를 발표. 이 무렵 단 가즈오, 이마 우헤이(하루베), 나카무라 지헤이 등을 알게 된다.

1934년(25세) 12월에 단 가즈오, 기야마 쇼헤이, 나카하라 나카야, 쓰무라 노부오, 야마기시 가이시 등과 동인지 《파란 꽃》을 창간. 창간호만으로 폐간되었고, 이듬해 3월에 '일본낭만파'에 합류.

1935년(26세) 2월에 〈역행〉을 《문예》에 발표, 동인지 이외에 발표한 첫 번째 작품이다. 3월에 미야코 신문사 입사 시험에 떨어져, 가마쿠라에서 자살을 시도했지만 실패. 도쿄대학교를 중퇴. 4월에 맹장염으로 입원, 수술 후 복막염이 일어나, 진통 때문에 사용한 파비날 중독에 시달린다. 8월에 〈역행〉이 제1회 아쿠타가와상 후보에 올랐으나 차석. 사토 하루오를 알게 되어 이후 사사한다. 같은 해에 다나카 히데미쓰와 편지를 주고받으며 교유관계를 시작한다.

1936년(27세) 2월에 파비날 중독이 심해져 시바의 제생회병원에 입원했지만 완치하지 못한 채 한 달도 되지 않아 퇴원. 6월에 스나고야쇼보에서 최초의 창작집 《만년》을 간행. 8월에 파비날 중독과 폐병을 치료하기 위해 향했던 군마현 다니카와 온천에서 3회 아쿠타가와상 낙선을 알고 타격을 받는다. 10월에 이부세 마스지 등의 권고로 무사시노 병원에 한 달간 입원하여 파비날 중독을 완치한다.

1937년(28세) 3월에 오야마 하쓰요와 미나카미 온천에서 칼모틴 자살을 꾀했으나 미수. 귀경 후, 하쓰요와 헤어졌다. 이 해부터 이듬해에 걸쳐서 가끔 에세이 등을 쓰는 것 외에는 거의 붓을 들지 않았다. 《허구의 방황, 다스 게마이네》(6월, 신초샤 출간), 《20세기 기수》(7월, 신초샤 출간)

1938년(29세) 7월에 마침내 작가적 침체에서 벗어나 〈고려장〉을 쓰기 시작했다. 9월에 야마나시현 미사카토우게의 천하다실로 가서, 장편 《불새》의 집필에 전념했으나 결국 이 소설은 미완으로 끝났다. 11월에 이부세 마스지가 부모를 대신해 주어, 이시하라 미치코와 혼약.

1939년(30세) 1월에 이부세의 집에서 결혼식을 올리고 고후시 미사키초의 신혼집으로 이주했다. 4월 〈황금풍경〉이 《국민신문》 단편 콩쿠르에 당선. 9월에 도쿄부 미타카무라 시모렌자쿠 113으로 이사, 패전 전후를 제외하고 죽을 때까지 여기서 살았다. 《사랑과 미에 대하여》(5월 다케무라쇼보 출간) 《여학생》(7월 스나코쇼보 출간)

1940년(31세) 12월에 제1회 '아사가야카이'(아사가야 인근 문사들의 친목회) 출석, 이후도 종종 이 모임에 출석. 《여학생》이 제4회 기타무라 도코쿠 상 수상. 《피부와 마음》(4월, 다케무라쇼보 출간), 『추억』(6월, 진분쇼인 출간) 『여자의 결투』(6월, 가와데쇼보 출간)

1941년(32세) 2월에 《신 햄릿》 집필을 시작, 5월에 완성. 6월에 장녀 소노코 출생. 8월에 10년 만에 가나기마치로 귀향. 9월에 오타 시즈코가 다자이 오사무를 처음으로 방문. 11월에 문사 징용을 받았으나, 흉부질환 때문에 면제. 《도쿄 팔경》(5월, 지츠교노니혼샤 출간), 《신 햄릿》(7월, 문예춘추 출간), 《지요조》(8월, 지쿠마쇼보 출간), 《직소》(12월, 게쓰요우소우 출간)

1942년(33세) 10월에 〈불꽃놀이〉(패전 후 〈일출 전〉으로 개제)를 《문예》에 발표했지만 시국에 맞지 않는다는 이유로 전문 삭제를 명령받는다. 12월에 어머니 사망, 단신 귀향. 《바람의 소식》(4월, 도네쇼보 출간), 《늙은 하이델베르크》(5월, 다케무라쇼보 출간) 《정의와 미소》(6월, 긴조샤 출간), 《여성》(6월, 하쿠분칸 출간), 《문조집 신천옹》(11월, 쇼난쇼보 출간)

1943년(34세) 3월에 고후로 가서 전년 말부터 집필 중이던 신작 장편소설 《우대신 사네토모》를 완성. 10월에 《종다리의 목소리》를 완성했으나, 검열 불허가의 우려가 있었기에 출판을 연기. 이듬해 출판하기로 했으나 인쇄소가 공습을 받아 발행 직전의 책이 소실. 1945년에 발표된 《판도라의 상자》는 해당 작품의 교정쇄를 바탕으로 하여 집필한 것이다. 《후지백경》(1월, 신초샤 출간), 《우대신 사네토모》(9월, 긴조샤 출간)

1944년(35세) 5월에 〈쓰가루〉 집필을 위해서 쓰가루 지방을 여행. 8월에 장남 마사키 출생. 12월에 정보국과 문학보국회의 의뢰로 〈석별〉을 쓰기 위해 센다이를 방문하여 루쉰이 센다이에 머물던 당시의 일을 조사. 《가일》(8월, 하지메쇼보 출간), 《쓰가루》(11월, 오야마쇼텐 출간)

1945년(36세) 3월에 공습하의 도쿄에서 《오토기조시》를 집필하기 시작해서 6월에 완성. 4월에 폭격을 당해 집이 파손되었기에 부인의 본가인 고후의 이시하라 가로 피난을 갔지만 7월에 폭격으로 고후의 이시하라 가도 전소되었기에 처자를 데리고 간신히 가나기마치의 생가로 갔다. 《신석 제국 이야기》(1월, 생활사 출간), 《석별》(9월, 아사히신문 출간), 《오토기조시》(10월, 지쿠마쇼보 출간)

1946년(37세) 11월에 약 1년 반 동안의 피난을 끝내고 미타카의 자택으로 돌아왔다. 사카구치 안고, 오다 사쿠노스케와 《개조》의 좌담회에 출석했으나 이 내용은 《개조》에는 게재되지 않았고 그 후 《문예, 다자이 오사무 독본》(1956)에 게재되었다. 12월에 〈겨울의 불꽃놀이〉의 상연이 미국 맥아더 사령부의 의향에 따라서 중지되었다. 사카구치 안고, 오다 사쿠노스케, 히라노 겐과 좌담회 '현대문학을 이야기하다'가 행해져 이듬해 4월에 《문학계간》에 게재된다. 《판도라의 상자》(6월, 가호쿠신보 출간), 《박명》(12월, 산키겐샤 출간)

1947년(38세) 2월에 가나가와현에 있는 연인 오타 시즈코를 방문, 일주일 동안 체재 후, 다나카 히데미쓰가 피난해 있던 이즈의 미토하마로 가서 3월 초순까지에 걸쳐서 《사양》의 1~2장을 썼다. 3월에 차녀 사토코 출생. 이 무렵 야마자키 도미에를 알게 된다. 4월에 새로이 빌린 미타카의 작업실에서 《사양》을 계속해서 집필하여 6월에 완성. 11월에 오타 시즈코가 하루코를 출산. 《겨울의 불꽃놀이》(7월, 주오코론사 출간), 《비용의 아내》(8월, 지쿠마쇼보 출간), 《사양》(12월, 신초샤 출간)

1948년(39세) 3월부터 5월에 걸쳐서 《인간실격》을 집필, 종종 객혈을 했다. 4월에 야쿠모쇼텐에서 《다자이 오사무 전집》이 간행되기 시작. 6월 13일 심야, 〈굿바이〉의 초고, 유서 몇 통, 이마 하루베에게 남긴 노래 등을 책상에 남겨두고 야마자키 도미에와 함께 다마가와 강 상수원에 투신. 19일에 사체가 발견되었고 21일에 장의위원장 도요시마 요시오, 부위원장 이부세 마스지 등에 의해서 고별식이 행해졌다. 7월에 미타카의 오우바쿠슈 젠린지에 매장되었다. 《인간실격》(7월, 지쿠마쇼보 출간), 《앵두》(7월, 지츠교노니혼샤 출간) 《여시아문》(11월, 신초샤 출간)

옮긴이 **박현석**

대학에서 국문학을 전공하고 졸업 후 일본으로 건너가 도쿄 요미우리 이공전문학교에서 유학을 마치고 현지 기업에서 직장생활을 했다. 현재 일본어 출판기획 및 전문 번역가로 활동 중이며 국내에 아직 미출간된 일본 유명 작가들의 작품을 꾸준히 번역, 소개하고 있다. 옮긴 책으로 《판도라의 상자》, 《불령선인/너희들의 등 뒤에서》, 《다자이 오사무 자서전》, 《운명의 승리자 박열》, 《젊은 날의 도쿠가와 이에야스》 등 다수가 있다.

사양(斜陽)

인쇄일 2019년 1월 30일
발행일 2019년 2월 14일

지은이 다자이 오사무
옮긴이 박현석
펴낸이 김순일
펴낸곳 에오스
등록번호 제2018-000104호
등록일자 2018년 6월 18일
주소 경기도 고양시 덕양구 고양대로 1916번길 50 스타캐슬 3동 302호
전화 02-715-4507 / 713-6647
팩스 02-713-4805
홈페이지 www.miraepub.co.kr

ISBN 979-11-964256-9-2 03830

- 에오스는 미래문화사의 문학 브랜드입니다. 여러분의 원고를 기다립니다.
  기획안과 원고를 miraepub@naver.com으로 보내주세요.
- 잘못 만들어진 책은 구입하신 곳에서 바꾸어 드립니다. 책값은 뒤표지에 있습니다.